D1876667

Frank Maria Reifenberg

60 SEKUNDEN

entscheiden über dein LEBEN

IM TUNNEL DES TODES

Mit Illustrationen von Daniel Ernle

Ravensburger Buchverlag

Bibliografische Information der Deutschen Nationalbibliothek:
Die Deutsche Nationalbibliothek verzeichnet diese Publikation
in der Deutschen Nationalbibliografie.
Detaillierte bibliografische Daten sind im Internet
auf *www.dnb.d-nb.de* abrufbar.

MIX
Aus verantwortungs-
vollen Quellen
FSC® C114500
FSC
www.fsc.org

1 2 3 4 5 19 18 17 16 15

© 2015 Ravensburger Buchverlag
Otto Maier GmbH, Postfach 1860, 88188 Ravensburg

Umschlag- und Innenillustrationen: Daniel Ernle
Lektorat: Emily Huggins

Bildnachweis:
Fotolia: © art2002 (S. 12), © mumindurmaz35 (S. 23), © Brian Kinney (S. 28), © Erica Guilane-Nachez (S. 43), © Beboy (S. 51), © laufer (S. 60), © jamdesign (S. 65), © nickylarson974 (S. 71), © gb27photo (S. 68/69), © Michael Kvakin (S. 80)

Printed in Germany
ISBN 978-3-473-36896-9

www.ravensburger.de

Montag, am späten Nachmittag

Jetzt war das Licht am Ende des Tunnels schon deutlich zu sehen. Bin ich denn verrückt?, dachte ich. Sprinte ich gerade tatsächlich durch einen U-Bahn-Tunnel in New York?

Ohne die U-Bahn geht in New York nichts. Fast 5 Millionen Passagiere nutzen sie jeden Tag. Das sind so viele Menschen, wie in Berlin und Hamburg leben.

Plötzlich spürte ich einen Luftzug im Rücken. Eine Bahn näherte sich! Vielleicht die, aus der ich gesprungen war?
Nein, der zweite Tunnel! Die Bahn musste aus dem anderen Tunnel kommen. Ich versuchte, mich an die Signale zu erinnern. Waren sie rot oder grün gewesen? Gaben sie dem Zug hinter mir freie Fahrt?
Instinktiv schaltete mein Gehirn um. Alarmstufe Rot: Not. Gefahr. Mir blieb höchstens eine Minute.
Ich stolperte. Rannte weiter. Das leise, pfeifende Geräusch in meinem Rücken ging in ein Surren über, schwoll an zu dem Rumpeln und Kreischen, mit dem jede Bahn aus dem Tunnel gerauscht kam. Der Luftzug pustete mir schon wie eine kleine Windbö in den Nacken.
Meine Beine arbeiteten vollautomatisch. Ich rannte, rannte ohne Rücksicht auf die Schwellen und Schienen, die mich zum Straucheln bringen konnten. Ein Fehltritt und ich war tot.

Tot, tot, tot!, kreischte es in meinem Kopf. Dreh dich nicht um! Dreh dich nicht um!

Zwanzig Meter bis zum Bahnsteig. Am vorderen Ende wartete eine Gruppe von Kindern in neongrünen Trikots. Sie starrten mir entgegen.

„Da, da!", schrie eines der Kinder. „Ein Junge!"

Sofort schauten alle zu mir.

Noch zehn Meter, fünf. Die Rufe der Menschen vermischten sich mit dem Kreischen der Bremsen hinter mir.

Drei Notbremsungen an einem Tag, schoss es mir durch den Kopf, während ich panisch nach der Bordkante des Bahnsteigs tastete. Die Kante war viel höher, als ich erwartet hatte. Ich rutschte ab, meine Finger fanden keinen Halt.

Das wird mein Tag, hatte ich heute Morgen gedacht. Daniel Otterman und Marvin Parker gehen in die Geschichte der Thomas Jefferson Middle School ein. Jetzt sah die Sache anders aus: Weltrekord in Subway-Notbremsungen, Guinness-Buch der Rekorde! Und Zeitungsberichte über den tragischen Tod eines Teenagers, der im Tunnel aus der U-Bahn gestiegen war.

1
Zehn Stunden zuvor

7:12 a.m.

In den USA wird die Zeit nicht von 0 bis 24 Uhr angegeben, sondern von 0 bis 12. Die Buchstaben a.m. und p.m. sagen einem, ob es 7 Uhr morgens oder abends ist: a.m. steht für ante meridiem (vor Mittag), p.m. für post meridiem (nach Mittag).

„Der frühe Vogel fängt den Wurm“, hörte ich meine Mom trällern. Wie konnte sie morgens nur so gute Laune haben?
Mein Schädel fühlte sich wie eine matschige Birne an. Mein Gehirn schwappte. Meine Augen ließen sich erst beim dritten Versuch öffnen. So war das eigentlich jeden Morgen, egal ob ich viel oder wenig geschlafen hatte.
„Der frühe Vogel kann mich mal“, knurrte ich.
„Marvin Parker!“ Plötzlich trällerte nichts mehr in Moms Stimme. „Hüte deine Zunge.“ Dann aber kicherte sie. „Du siehst aus wie dieser Sänger-Bubi, der ... wie heißt er noch ... Justin Dingsbums.“ Sie knallte mir einen Kuss auf die Stirn und wirbelte mit den Fingern in meinen Haaren herum.
Seit ich die Haare an den Seiten ganz kurz und oben drauf lang habe, tut sie das jeden Morgen. Sie erspart mir auch nie den

Vergleich mit Justin Dingsbums, dessen richtigen Namen ich lieber nicht ausspreche.
„Und komm bitte nach der Schule ins Café. Du versprichst mir seit Tagen, dich um dieses Virendings ..."
„Antivirus", half ich ihr.
„Ja, um das Dings zu kümmern. Du hast selbst gesagt, dass ich das haben muss." Im Hinausgehen ergänzte sie: „Frühstück steht auf dem Tisch!"
Tatsache. Der Duft der besten Pfannkuchen auf amerikanischem Boden stieg mir in die Nase und lockte mich in die Küche. Pancakes! Besser konnte ein Tag nicht beginnen. Schon deutlich gnädiger gestimmt kippte ich einen ordentlichen Schuss Ahornsirup über meine Portion. Ich musste mich beeilen. Mom hatte Frühschicht im Café, also würde ich mit der U-Bahn zur Schule fahren. Ausnahmsweise freute ich mich darauf. Auf die Schule, nicht auf die U-Bahn.
Wenn es ein bisschen Gerechtigkeit auf dieser Welt gab, würden Danny und ich heute den Wettbewerb für die Gestaltung und Programmierung der neuen Schul-Homepage gewinnen und in die Geschichte der Thomas Jefferson Middle School eingehen. Ich möchte nicht unbescheiden klingen, aber es gibt keinen in meiner Schule, der so gut programmieren kann wie ich. Und Danny hatte eine hammermäßige Gestaltung beigesteuert. Er kann dir keine fünf der amerikanischen Bundesstaaten auf einer Karte zeigen und befasst sich nur widerstrebend mit so was wie

Eine Anti-Virensoftware schützt deinen Computer vor Viren und anderen Bedrohungen aus dem Internet. Wenn du das Programm einmal auf deinem Computer eingerichtet hast, prüft es jeden Vorgang. Es checkt, ob sich zum Beispiel in deinen E-Mails ein schädlicher Virus versteckt. Die Anbieter dieser Programme bringen die Software dauernd auf den neuesten Stand, weil ständig neue Viren geschaffen werden. Die meisten Angriffe kann man damit abwehren.

Der Begriff Virus kommt eigentlich aus der Medizin. Es ist ein Krankheitserreger. In den Körperzellen vermehrt das Virus sich und irgendwann funktioniert der ganze Körper nicht mehr, er wird krank. Das Computervirus ist ein kleines Programm, das den Computer „befällt" und sich in dessen Software einnistet. Vielleicht legt es den Computer lahm, vielleicht nutzt es aber auch heimlich die Informationen, die es vorfindet: E-Mail-Adressen, um Spam-Mails zu verschicken, oder Passwörter. Immer wieder wird z.B. versucht, auf diesem Weg an die Daten für das Bankkonto von Fremden zu kommen und es übers Internet auszurauben.

dem kleinen Einmaleins. Doch die Cartoons, die er zeichnet, sind Spitzenklasse. Unsere zukünftige Homepage würde sich wie ein Comic lesen.

Wenn wir den Wettbewerb gewannen.

Ich stopfte mir den letzten Pancake komplett in den Mund und schickte Danny eine Nachricht: *Das wird UNSER Tag!* ☺ ☺ *Komm bloß nicht zu spät.* 💣

Dann flitzte ich ins Badezimmer. Die kalte Dusche weckte erbarmungslos alle Lebensgeister. Ich dusche nicht freiwillig eiskalt, aber der Wasserboiler stammt aus den siebziger Jahren und gibt mindestens einmal die Woche den Geist auf.

Im Radio plärrte Justin Dingsbums etwas von Liebe und Küssen, der Wetterbericht versprach schwüle Hitze und der Sportreporter sagte den New York Knicks einen Sieg gegen die Brooklyn Nets voraus.

Das wird Danny nicht gefallen, dachte ich. Danny ist nicht nur selbst ein guter Basketballspieler, sondern auch ein verrückter Anhänger der Nets. Ganz sicher hatte er extra gute Karten für das Spiel. Mit den Beziehungen seines Vaters kam er überall auf die besten Plätze.

„Hey, Leute da draußen, ich bin Russell Cardosio und ihr hört *WBCR Sports Radio* mit den aktuellen News ...“, raste der Sprecher durch seine Ansage.

Da merkte ich, dass ich eigentlich genau in dieser Minute an der Station Sutter Avenue stehen und in die Linie M steigen sollte.

Mist. Ich hatte wieder zu viel Zeit damit verbracht, meine Frisur zu stylen. Schnell zog ich den USB-Stick aus dem Computer in Moms Büroecke, schnappte meinen Rucksack und rannte los. Der Stick war klein und unauffällig. Er wog nur ein paar Gramm, aber die Daten darauf würden in einer knappen Stunde die ganze Schule begeistern.

Ich musste nur noch pünktlich hinkommen.

Seit ein paar Monaten wohnten wir in der Junius Street, mitten in Brownsville. Das ist nicht gerade die feinste Ecke von Brooklyn. In unserem Block wird alle paar Tage irgendwo eingebrochen. Keiner in ganz New York würde freiwillig von Queens, wo wir vorher lebten, hierherziehen.

Aber Mom hatte den Coffeeshop von ihrer Tante Sally geerbt und sich von Dad scheiden lassen und da war Queens eben nicht mehr zu bezahlen gewesen. Unsere Wohnung direkt über dem Café glich einer Bruchbude, doch sie kostete fast nichts und wir mussten jeden Dollar sparen.

New York gliedert sich in fünf Stadtteile: Manhattan, die Bronx, Brooklyn, Queens und Staten Island. Allein Queens wäre mit über 2 Millionen Menschen die zweitgrößte Stadt Deutschlands.

An der U-Bahn-Station plärrte eine Ansage aus dem uralten Lautsprecher: „Die Züge nach Manhattan halten nicht an der 111. und auch nicht an der 103. Straße. Reisende für diese Stationen fahren bitte bis Broadway Junction und wechseln dort …"

„Nicht schon wieder", stöhnte eine Frau neben mir. „Jeden Tag ist es etwas anderes. Baustellen! Trottel, die auf den Gleisen rumlaufen! Feuerwehrübungen! Kaputte Wagen! Und dann wieder Baustellen!" Plötzlich warf sie mir einen misstrauischen Blick zu. „Was denn?", zischte sie und krallte sich mit der Linken an ihrer Handtasche fest.

Ich drehte mich um und wartete, bis meine Linie herangerauscht kam. Das Gedränge war groß. An den nächsten Stationen strömten noch mehr Menschen herein und es wurde immer voller. Neben mir stand ein Mann im dunkelblauen Anzug und bellte Anweisungen in sein Handy. „Verkaufen, verdammt, du sollst den ganzen Mist ... Hallo? Hörst du mich? Ja, verkaufen. Wir verlieren Millionen, wenn der Börsenkurs auf Talfahrt bleibt."

An der Wall Street, einer Straße im New Yorker Bezirk Manhattan, befindet sich eine der wichtigsten Aktienbörsen der Welt. Wenn hier die Aktienkurse in den Keller sinken, hat das Auswirkungen auf der ganzen Welt.

Heutzutage werden die meisten Geschäfte über das Internet abgewickelt. Ein Angriff auf die Computersysteme der Banken und Aktienhändler könnte eine weltweite Wirtschaftskrise auslösen.

Solche Typen konnten einem den letzten Nerv rauben. Mussten sie denn sogar in der U-Bahn mit ihren Aktien handeln?
„RushComSystems macht pleite! Da kannst du sicher sein bei dem Mist, der hier seit Tagen passiert. Im Internet geistern Gerüchte von einem Hackerangriff herum. Die sind den Auftrag für die Subway bald los und dann – bäng!" Er öffnete die geballte Faust, als explodiere eine Bombe darin.

> Als Hacker bezeichnet man Leute, die ohne Genehmigung in die Computersysteme von anderen eindringen.

Ich horchte auf.
RushComSystems war die Firma, in der Dannys Vater einen ziemlich hohen Posten besetzte. Aber der Typ hatte keinen Empfang mehr. Also war plötzlich Ruhe und ich erfuhr nicht mehr über die Sache.
An der Haltestelle Broadway Junction stieg ich um. Der Mann im blauen Anzug auch. Offensichtlich wollte er ebenfalls nach Queens. Jetzt tippte er auf seinem Tablet-Computer herum.
Ruckelnd legte sich der Waggon in eine Kurve. Der Anzugmann kam aus dem Gleichgewicht und stieß ein Mädchen an, dessen Tasche zu Boden fiel. Jemand bückte sich und knallte mit dem Kopf gegen einen Haltegriff. Auf einmal meckerten sich alle an und erst, als das Licht ausfiel, merkten wir, dass die Bahn zum Stehen gekommen war.

Drei Sekunden war es totenstill. Dann ging der Tumult richtig los. „Oh Gott!“ – „Nicht schon wieder.“ – „Mami, wo bist du?“ – „Finger weg!“ – „Hilfe, ich will raus ...“ – „Lassen Sie mich durch!“
Es krachte in den Lautsprechern und eine rostige Stimme verkündete, dass man sich keine Sorgen machen solle und es gleich weiterginge. Das beruhigte natürlich keinen. Auf solche Durchsagen war kein Verlass. Die ganze letzte Woche war es zu Störungen im U-Bahn-System gekommen.
Ich schaute auf die Uhr.
Wenn es nicht bald weiterging, kam ich zu spät. Und Danny stand alleine in der Aula. Vor zweihundert Leuten und sämtlichen Lehrern reden, war nicht sein Ding. Außerdem kannte er die Feinheiten meiner Programmierung nicht. Um ehrlich zu sein: Ich hatte mir mit ein paar Tricks von HD unter die Arme greifen lassen. Kein Mensch weiß, wie HD wirklich heißt. Den Spitznamen hat er, weil er jeden immer so begrüßt: „Howdie.“ Antworten muss man dann mit: „Dowdie.“ Wer das nicht tut, kann was erleben, denn Howdie ist nicht nur ein Computer-Genie, sondern auch ziemlich verrückt. Da er seinen Namen nicht verrät, nennen ihn alle Howdie-Dowdie oder kurz: HD.

Hier in der stehen gebliebenen Bahn schienen die Menschen langsam durchzudrehen. Der Typ im Anzug verlor völlig die Nerven. Er schrie und tobte. Und machte etwas, was man wirklich nur im absoluten Notfall tun sollte: Er entsperrte die Notverriegelung, öffnete die Tür und sprang aus dem Waggon.
Na, toll! Nun würde es mindestens eine Stunde dauern, bis wir weiterfahren konnten.
Vielleicht würde dieser Tag doch nicht so großartig werden.
Oh, Danny, dachte ich, *good luck*!

2

8:17 a.m.

Als ich endlich am Ozone Park aus der U-Bahn-Station ans Tageslicht kam, keimte neue Hoffnung in mir auf. Keine drei Meter vor mir rannte Dr. Paul Sander, der Direktor meiner Schule. Er hatte auch in der Bahn festgesessen.

Ohne Sander hatte die Präsentation bestimmt noch nicht begonnen. Ich schlängelte mich unauffällig an ihm vorbei und betrat eine knappe Minute vor ihm die Aula.

„Hiho!", begrüßte ich Danny.

„Gott!", stieß er hervor.

„Du darfst Marvin zu mir sagen", erwiderte ich grinsend.

Danny war nicht in der Stimmung für Scherze. „Wo zum Teufel warst du?"

Erst Gott, dann der Teufel. Er war eindeutig auf hundert. Schweißperlen standen ihm auf der Stirn, obwohl die Klimaanlage den Raum auf eine arktische Temperatur gekühlt hatte.

„Es hat nicht jeder einen eigenen Chauffeur samt Limousine", gab ich zurück.

„Ich muss dringend mit dir reden", zischte Danny. „Mein ..."

Weiter kam er nicht. Mr Sander betrat den Raum. „Tut mir schrecklich leid, Jungs und Mädels, die U-Bahn!" Er zuckte entschuldigend mit den Achseln. Dann setzte er sich in die letzte

Reihe und zauselte einen Bleistift und ein Blöckchen aus seiner Jackentasche. Unsere Schule hat alles an moderner Technik, nur Sander kritzelt immer noch kleine Notizblöcke voll. „Ihr könnt sofort loslegen", sagte er. „Wer macht den Anfang?"

Ich zeigte auf und ging zur Bühne. Auf einem Tisch stand bereits ein Laptop, der mit dem Beamer verbunden war. Ich steckte den USB-Stick ein.

! Auf dem USB-Stick speichert man Daten. Das U steht für universell, das heißt hier so viel wie überall passend.

Sofort öffnete sich ein Menüfeld. *Unbekannter Datenträger*. Als ich das Feld anklickte, forderte das System ein Passwort.

„Oh", sagte Mr Sander. Er schrieb etwas auf seinen Notizblock, riss die Seite ab und reichte sie Danny. Ich nahm den Zettel von ihm und tippte die Zahlenfolge ein: Dm_37_FoX§9.

Dass Sander diesen Wirrwarr im Kopf hatte! Aus Sicherheitsgründen wurde der Code regelmäßig geändert. Nun erschien ein Schriftzug auf dem Monitor:

☺Willkommen im Computersystem
der Thomas Jefferson Middle School☺

Ich konnte loslegen. Schon beim ersten Comic lachten alle. Unser ganzer Jahrgang durfte zuhören und ein Schülerkomitee würde

mit Mr Sander und den Lehrern über den Sieger entscheiden. Alles lief bestens. Selbst Sanders schmunzelte.
Während ich erklärte, wie spielend leicht man sich auf der neuen Homepage zurechtfinden würde, trat leise und unauffällig ein Mann in einem dunkelgrauen Anzug in die Aula. Weil alle nach vorne schauten, bemerkte ihn niemand außer mir.
Fast hätte ich den Faden verloren. Ob das jemand von Pears Inc. war, der berühmten kalifornischen Computerfirma, die den ersten Preis für das Gewinnerteam gestiftet hatte? Vielleicht wollte sich der Typ seinen zukünftigen Chefprogrammierer Marvin Parker und seinen Chefdesigner Daniel Otterman persönlich anschauen?
Ich stupste Danny unauffällig an, der zusammenzuckte.
„Ich?“, fragte er verdattert und wollte sofort mit seinem Part loslegen.

„Nein", presste ich durch die Zähne und lächelte dabei so cool wie möglich. „Letzte Reihe. Kalifornien!"
Dann machte ich mit noch mehr Schwung weiter.
Um ehrlich zu sein, wirkte der Typ im Anzug nicht sehr begeistert.
Ich hatte immer gedacht, dass die Nerds von der Westküste alle lässig wie Surfer drauf waren, so mit blonder Mähne, Tattoos und Bermudashorts – selbst wenn ihnen eine Multimilliarden-Firma gehörte.
Larry Page und Sergey Brin waren noch Studenten, als sie in einer Garage an ihrer Suchmaschine tüftelten, und heute benutzt fast jeder, der einen Computer hat, täglich diese „Maschine": Google. Eine reife Leistung. Natürlich gehörte dazu mehr, als nur ein bisschen HTML zu programmieren.

Bezeichnet Leute, die sich extrem viel mit Computern und dem Internet beschäftigen und dabei manchmal den Rest der Welt vergessen.

Wer eine Homepage programmieren will, muss erst einmal eine Sprache lernen: HTML. Das ist keine gesprochene Sprache, mit der man in der Pause auf dem Schulhof quatschen kann, sondern eine, die Wörter und Bilder so „übersetzt", dass das Computersystem sie versteht. Alles, was wir am Ende auf dem Bildschirm sehen, ist eine unendliche Abfolge von Zahlen, Zeichen und Buchstaben. Schon kleine Fehler in der Abfolge können zu ziemlich großem Durcheinander führen.

Blonde Haare hatte der Anzugmann tatsächlich, falls man die knapp einen Millimeter kurzen Stoppel auf seinem Kopf noch Haare nennen konnte. Durch die Narbe, die sich von seinem linken Mundwinkel bis in die Mitte der Wange zog, lag auf seinem Gesicht ein schiefes Dauergrinsen. Der Typ trug einen Anzug und hatte die Arme vor der Brust verschränkt. Lässig sah anders aus.
Nachdem auch Danny seinen Teil vorgetragen hatte, bekamen wir großen Applaus. Wir setzten uns in die erste Reihe und hörten unseren Mitbewerbern zu. Jedenfalls taten wir so. Kaum waren alle fertig, sprang Danny auf.
„Komm mit!", platzte es aus ihm heraus.
Er wollte mich hinaus auf den Flur ziehen, aber Melissa kam ihm zuvor. Niemand kann so schnell mit den Wimpern klimpern wie Melissa. Es ist, als wollte sie einen Wirbelsturm auslösen. Einen Wirbelsturm, der nach Zimt riecht. Seit ein paar Wochen wusch sie sich mit Zimt-Shampoo die Haare, sodass ich in ihrer Nähe jedes Mal an Weihnachtsplätzchen denken musste. Und sie war ziemlich oft in meiner Nähe. Ich hatte den Verdacht, dass Melissa meine neue Frisur gefiel.
„Du warst so sü... äh ... suuuuper!"
Zeit für eine Antwort hatte ich nicht, denn jetzt hatte sich auch Mr Sander einen Weg durch die Menge gebahnt.

„Jungs, ein interessante Präsentation …“, sagte er.

Interessant. Aha. Das klang nun ganz anders als Melissas *suuuuper*.

Bevor Sander jedoch weiterreden konnte, zerrte Danny mich nach draußen.

3

11:05 a.m.

„Hast du den Typen mit der Narbe gesehen?“, fragte Danny mit bebender Stimme.

Ich nickte.

„Der ist hinter mir her“, flüsterte Danny und packte schon wieder meinen Arm. „Da!“

Er zeigte hinüber zu dem Flur mit den schmalen, hohen Schränken. Jeder Schüler hatte einen eigenen Spind für seine Sachen. Der Mann mit der Narbe lungerte davor herum und schien jemanden in dem Gewimmel von Kindern zu suchen.

„Hier herein“, zischte Danny und schob mich in den nächstbesten Raum.

„Spinnst du?“, fragte ich, aber Danny war nicht zu bremsen.

Wir standen vor Mrs Monterey. Geschichte und Sozialkunde. Eigentlich hatten wir jetzt Englisch. Mrs Monterey unterrichtete gerade die verfassungsmäßigen Rechte der amerikanischen Bürger.

„Ja bitte?“, fragte Mrs Monterey.

„Äh ... ich ... wir ...“, stotterte Danny.

„Wir haben uns in der Tür geirrt“, sagte ich.

„Nein!“, brüllte Danny geradezu. „Wir ... haben ... äh ... gehört, dass Ihr Unterricht so interessant ist, und da wollten wir mal ... äh ... zuhören.“

Mrs Monterey lief rot an. Das hatte ihr wahrscheinlich in ihrer gesamten Zeit als Lehrerin noch nie jemand gesagt. „Sucht euch einen Platz. Melissa, du kannst mit deinem Referat beginnen."
Erst jetzt merkte ich, dass Melissa in der Klasse war. Sie klimperte mir einen Mini-Tornado zu, schüttelte ihre dicken braunen Haare, woraufhin die ganze Klasse nach Zimtsternen roch, und ging nach vorne. „Die dreizehn britischen Kolonien in Nordamerika erklärten am 4. Juli 1776 ihre Unabhängigkeit von Großbritannien und ihr Recht, einen eigenen souveränen Staatenbund zu bilden", begann sie. „Den größten Teil der Erklärung schrieb Thomas Jefferson ..."

Seitdem ist der 4. Juli der Nationalfeiertag in den USA.

Danny setzte sich in die letzte Reihe und ich pflanzte mich neben ihn. Ich brannte darauf, eine Erklärung für Dannys Verhalten zu bekommen, aber er schwieg eisern. Als es zur Pause klingelte, sprang Danny auf.

„Ich muss mit dir reden", sagte er, doch Melissa drängte sich zwischen uns.

„Kannst du mir gleich bei Englisch helfen?", fragte sie. Dieses Mal klimperte sie nicht, sondern legte den Zeigefinger auf die Unterlippe. „Ich kann mir das nicht merken!" Sie seufzte. „Guck mal, hier ..." Sie schob mir das Englischbuch unter die Nase. „Grammatik ist einfach nicht meine Stärke."

Hatte sie eigentlich noch nicht gemerkt, dass ich sie durchschaute? Melissa gehörte nicht nur zur Turnerinnen-Riege der Schule, sie war auch in allen Fächern besser als ich. Aber egal, ob in Mathe, Erdkunde, Englisch, Geschichte oder zur Not im Häkeln – Melissa nutzte jede Gelegenheit, um mich mit ihren großen Augen anzuklimpern und zu bitten, ihr das oder jenes nach der Schule zu erklären.

Nicht Bob, Will oder Tom, auch nicht Danny oder sonst jemanden fragte sie. Nur mich. Ich glaube, es hatte etwas mit der Justin-Dingsbums-Frisur zu tun.
Mich interessierte weder Melissa noch eines der anderen Mädchen, die die Sache mit dem Augenklimpern und dem Gekicher und dem Ist-der-süüüüüß-Gezwitscher für sich entdeckt hatten. Trotzdem muss ich zugeben, dass es mir schmeichelte. Bevor ich eine Ausrede für Melissa erfinden konnte, wurde ich am Rucksack auf meinem Rücken gepackt und fortgezogen. Ein paar Schritte stolperte ich nach hinten, dann schaffte ich es, mich herumzudrehen. Danny. Er ließ nicht los, sondern ging einfach weiter. Er ist einen guten Kopf größer als ich, weshalb er auch einen festen Platz in der Basketballmannschaft hat.
„Was soll das?“, blaffte ich ihn an.
„Verdammt, hab ich dir doch gesagt: Ich muss mit dir reden.“
Er schleppte mich zum Hinterausgang des Schulhauses.
„Deshalb musst du mich aber nicht wie ein Abschleppwagen durch die Straßen schleifen und mir die Klamotten runterreißen“, beschwerte ich mich.
„Scheinbar doch“, erwiderte er.
Die Schulglocke läutete zur nächsten Stunde. Danny lief an allen anderen Schülern vorbei und schaute sich hektisch um.
„Mein Dad ...“, sagte er. Er vergewisserte sich, dass niemand in der Nähe war, und fuhr fort: „Mein Dad ist weg!“

„Meiner auch, da gewöhnt man sich dran", scherzte ich.
An Dannys Reaktion merkte ich, dass es ein dummer Scherz war.
„Idiot!", schrie er und schubste mich mit beiden Händen. Ich stolperte rückwärts und stieß gegen einen Mülleimer, der scheppernd umfiel.
„Rüpel", schimpfte eine alte Lady, die im selben Augenblick von ihrem schneeweißen Pudel in den Abfall gezerrt wurde. „Mortimer, nicht!" Aber der Pfiffi hatte den halben Donut mit Zuckerguss darauf schon verschlungen. Die Frau nahm den Hund auf den Arm und trippelte schnell weiter.
„Was ist denn los?", fragte ich Danny. Ihm standen Tränen in den Augen. Das hatte es noch nie gegeben.
„Dieser Mann mit der Narbe verfolgt mich", sagte er leise. „Und mein Dad ist in Schwierigkeiten. Ich habe ihn seit Freitag nicht gesehen."
Dass Dannys Vater nicht nach Hause gekommen war, wirkte eigentlich nicht so ungewöhnlich. Mr Otterman war ein hohes Tier in seiner Firma. Er arbeitete oft bis in die Nacht oder an den Wochenenden. Seit dem Tod von Dannys Mutter kurz nach seiner Geburt kümmerte sich Teresa, die Haushälterin der Ottermans, um Danny, und ein Fahrer von einem Limousinenservice fuhr Danny zur Schule. Aber etwas anderes machte mich stutzig. „Was soll das heißen: in Schwierigkeiten?"
„Dad hat am Freitag ziemlich lange gearbeitet. Als er nach Hause kam, habe ich schon geschlafen", erzählte Danny. „Teresa hatte

am Wochenende frei und ich habe uns das Frühstück gemacht, wie immer, wenn Teresa nicht da ist. Dad kann nicht mal ein Ei aufschlagen. Ich hab also Rührei ..."

„Danny! Komm zur Sache!"

„Als Dad um elf Uhr immer noch nicht wach war, bin ich in sein Schlafzimmer gegangen und er war nicht da."

„Geht er nicht morgens joggen?", hakte ich nach.

Danny schüttelte den Kopf. „Er hat mir eine Nachricht hinterlassen, dass er zu einem Geschäftstreffen musste."

Er zog einen Zettel aus der Hosentasche.

Muss dringend nach Pittsburgh, wir können vielleicht den Singapur-Vertrag an Land ziehen, wollte dich nicht wecken. Übernachte im Grand Plaza Golf Hotel. Dad

Ich kapierte immer noch nicht, warum Danny so aufgeregt war.

„Aber wo liegt das Problem?"

„Als Dad sich heute Morgen nicht gemeldet hat, habe ich in diesem Grand Plaza angerufen", erzählte Danny.

„Und was hat er gesagt?", fragte ich. „Hat er das Geschäft klargemacht?"

„Keine Ahnung. Er ist nie in dem Hotel angekommen."

„Was?" Jetzt begann ich zu schwitzen.

Danny sah mich verzweifelt an. „Da stimmt irgendwas nicht. Dad hat gerade eine Menge Probleme. Die Software für die Steuerung des gesamten öffentlichen Verkehrs wurde ..." Er stockte.

„Was?"

Schon heute gibt es U-Bahnen, die ganz ohne Fahrer auskommen. Moderne Software führt die Züge vollautomatisch durch das unterirdische Geflecht der Tunnel. Die Hersteller versprechen, dass es dadurch weniger Unfälle gibt, der Fahrplan besser eingehalten wird und die Züge auch noch Energie sparen. Wer es ausprobieren will, muss gar nicht bis New York fliegen: Die erste vollautomatische Bahn fährt seit einigen Jahren in Deutschland – in Nürnberg – und wird weltweit kopiert.

Er warf mir einen gequälten Blick zu. „Ich habe versprochen, nicht darüber zu reden."

„Danny, ich bin dein bester Freund!", rief ich. „Du kannst mir vertrauen."

„Es ist streng geheim", druckste er herum, dann rückte er aber doch damit heraus. „Du weißt, dass es seit einer Woche immer wieder Störungen in der U-Bahn gibt. Dad sagt, jemand hat die Software für die Steuerung der Sicherheitssysteme gehackt und erpresst ihn nun. Oder die RushComSystems, Dads Firma. Ich weiß es nicht. Es geht um wirklich viel Geld, um alles, was Dad in seinem ganzen Leben aufgebaut hat."

Ich starrte ihn sprachlos an.

„Und das ist noch nicht alles", fuhr Danny fort. „Vor einer Stunde kam eine SMS von einer unbekannten Nummer." Danny hielt mir sein Handy unter die Nase.

Es ist etwas schiefgegangen, bin reingelegt worden. Nimm dich vor diesem Mann in Acht, melde mich später, las ich. Den Mann auf dem Foto erkannte ich sofort. Das Narbengesicht.

„Seit ich aus dem Haus gegangen bin, ist er dauernd in meiner Nähe", fügte Danny hinzu.

„Uff." Mehr brachte ich nicht hervor.

„Jetzt ist er mir sogar in die Schule gefolgt", ergänzte Danny. „Was soll ich nur tun?"

„Komm mit!", sagte ich. „Erst mal zu mir und dann schauen wir weiter."

4

12:24 am

Die Rückfahrt nach Brooklyn ging reibungslos vonstatten. Es war nur der ganz normale Wahnsinn mit lauter hektischen, drängelnden Leuten. Wer auch immer gerade am U-Bahn-System der Stadt herumschraubte, hatte sich mit der Aktion am Morgen wohl schon ausgetobt.

Danny und ich standen am Eingang der Kaffeebar und sahen, wie meine Mutter hinter dem Tresen herumwirbelte. Sie hatte uns schon bemerkt und winkte mir. „Hi, Sweetie!"

Meine Antwort ging im Getöse des Mahlwerks der Kaffeemaschine unter. Sie lachte, weil sie genau wusste, was ich gesagt hatte, nämlich: „Sag nicht Sweetie."

„Dreifünfzig ...", rief sie dem einen Kunden zu, „... mit Sahne?", fragte sie einen anderen und einer Frau, die mit spitzen Fingern auf ihr Laptop einhämmerte, stellte sie eine große Limonade neben das Gerät. „Ohne Eis, viel Saft", flötete Mom freundlich, obwohl sie es gar nicht mochte, wenn die Gäste ihre Klappcomputer auf den Tresen stellten und sich dahinter versteckten, ohne ein Wort zu verlieren. Dann drehte sie sich zu uns. „Hey, Danny! Lange nicht gesehen. Wie geht's deinem Dad?"

„G-g-gut", stotterte Danny.

Die New Yorker U-Bahn (genannt Subway) in Zahlen

2,5 Dollar kostet ein Einzelticket (= 1,85 Euro oder 2 Kugeln Eis).

3 U-Bahn-Netze in der Welt sind größer als das New Yorker: in Peking, Shanghai und London.

24 Stunden am Tag rollen die Räder der Subway.

24 Linien bringen die Fahrgäste kreuz und quer durch die Stadt.

337 Streckenkilometer kann man mit der Subway abfahren. Das entspricht ungefähr der Luftlinie Köln – Hamburg.

111 Jahre ist sie alt, offizielle Eröffnung war am 27.10.1904.

468 Stationen fahren die Linien an.

1.355 Kilometer Gleise wurden verlegt, also ungefähr die Strecke, die man im Auto von Frankfurt bis nach Rom zurücklegen würde.

6.200 Personenwagen gehören zum Fuhrpark der Subway.

1.500.000.000 Personen werden pro Jahr befördert, also fast so viel wie alle Einwohner von China.

„Wie sieht's aus, Jungs? Erbseneintopf, Rote-Bete-Salat oder Maistortilla?" Mom zeigte auf die Mittagskarte.
Außer Kaffee, Sandwiches und all dem süßen Kram gab es jeden Mittag auch ein paar deftige Gerichte, die mir meistens nicht schmeckten. „Einen Cheeseburger mit Pommes", sagte ich.
„Okay, dann die Tortilla. Und du, Danny?"
Danny schüttelte den Kopf. „Keinen Hunger, danke, Mrs Parker."
„Papperlapapp, Jungs in eurem Alter haben immer Hunger. Ich bringe euch zwei Portionen."
Wir setzten uns auf eine der Holzbänke, die Mom draußen auf den Gehweg gestellt hatte. Während er seine Tortilla bis auf den letzten Krümel verputzte, schilderte Danny mir den Ernst der Lage.
„Unser ganzes Leben hängt von dieser blöden Software ab, die mein Vater geschrieben hat. Er hat alles Geld in die Firma investiert. Wenn sie pleitegeht, kann er deine Mutter um einen Job als Kellner bitten."
Schon zum fünften Mal zückte Danny sein Smartphone und wählte die Nummer seines Vaters. Wieder sprang nur die Mailbox an. Danny fluchte.
„Die U-Bahn in New York ist nur der Anfang. Zuerst der Big Apple und dann die ganze Welt, so sehen Dads Geldgeber das. Wenn du

Big Apple – auf Deutsch: großer Apfel – ist ein Spitzname für New York. Woher der Spitzname stammt, ist nicht gesichert.

es hier geschafft hast, stehen andere Städte Schlange. Die Pariser Metro, Singapur, Moskau – Dad war schon überall, um seine Technik zu präsentieren."

Er drückte noch einmal die Wahlwiederholung.

„Bald ist dein Gehirn nur noch Matsch", krächzte plötzlich jemand neben uns.

Ich sprang auf. Normalerweise war ich nicht so schreckhaft.

„Howdie", fügte die Krächzstimme hinzu.

„Dowdie", gab ich erleichtert zurück.

Es war Howdie-Dowdie alias HD. Ich mochte den verrückten Kerl. HD ging fest davon aus, dass er schon mehrmals von einer fremden Macht entführt worden war. Angeblich hatten sie alle möglichen Tests mit ihm gemacht und sogar irgendetwas mit seinem Gehirn angestellt. Sonderbar war nur, dass es manchmal Aliens gewesen sein sollten, manchmal der Geheimdienst und dann wieder der alte Mann mit dem Zigarrenladen am Ende der Straße.

„Die strahlen in dein Gehirn", flüsterte HD und zeigte auf Dannys Smartphone. „Sie laden deine Gehirnströme direkt in das große weltweite Netz."

„Da haben sie bei Danny nicht viel zu tun!“, witzelte ich. HD verzog keine Miene. Ganz ernst erklärte er uns, wie viele Terabyte man brauchte, um den Inhalt eines menschlichen Gehirns in einem Computer zu speichern.

Bits und Bytes sind Maßeinheiten für Datenmengen. 1 Byte besteht aus 8 Bit. Tera bedeutet, dass es sich um eine Billion Byte handelt. Das ist eine Zahl mit 12 Nullen!

Er war wirklich ein Spinner, allerdings auch einer der coolsten. Ein Computerfreak, genau genommen ein Hacker, vor dem nichts und niemand sicher war. Manche behaupten, seine verrückte Art sei nur ein Ablenkungsmanöver.

! In andere Computersysteme einzudringen, verstößt nicht nur gegen die Gesetze, Hacker schädigen damit auch viele Menschen. Oft versuchen Hacker, die Daten von anderen zu Geld zu machen. Einige wollen allerdings nur ausprobieren, wie weit sie in die gesicherten Bereiche von Behörden oder wichtigen Firmen kommen. Einige Firmen versuchen deshalb, die Hacker auf ihre Seite zu ziehen. Ihre Aufgabe ist es dann, die Sicherheitssysteme dieser Firmen zu testen.

Plötzlich kam mir eine Idee. „Howdie-Dowdie“, sagte ich. „Wir ...“

„Keine Namen!“, zischte er.

„Aber das ist doch gar nicht dein Name“, erwiderte ich.

„Egal“, sagte er.

Ich ließ den Namen also weg, senkte die Stimme und fragte ihn, ob er uns bei etwas helfen könnte. „Eine kleine Geburtstagüberraschung, für Mr Ott...“

„Keine Namen!“, zischte HD wieder.

„Für seinen Vater“, sagte ich noch leiser und geheimnisvoller.

Danny starrte mich verständnislos an. Ich gab ihm ein Zeichen, mich einfach machen zu lassen. Mit Verschwörungstheorien konnte man HD stets ködern. Sogar mit Geburtstagsverschwörungen.

Während er uns etwas über Gehirnströme und künstliche Intelligenz erklärte, versuchte ich, ab und zu dazwischen einzuwerfen, welche Informationen wir brauchten.

Schließlich führte Howdie uns in ein Internetcafé ein paar Straßen weiter.

In New York kann man sich leicht orientieren: Die Straßen verlaufen in einem strengen Raster wie ein Schachbrett und sind einfach durchnummeriert.

Dort zwinkerte er der Aufsicht zu, setzte sich an einen Computer und hackte in die Tasten.
Danny gab ihm die E-Mail-Adresse und die Mobilnummer seines Vaters. Wir starrten alle drei auf den Bildschirm, aber nichts tat sich. Besser gesagt: Howdie-Dowdie tat nichts.
„Geht weg", befahl er. „Holt euch eine Cola und wartet da drüben. Ich mag es nicht, wenn man mir über die Schulter guckt."
Vom Getränkeautomaten aus beobachteten wir, wie seine Finger über die Tasten flogen, wie er vor sich hinmurmelte, kicherte, etwas auf einen Zettel notierte und wieder kicherte.
Nach einer halben Stunde winkte er uns heran.
„Am Freitag hat er sich den neusten Film mit den Muppets gekauft und ein paar Gummistiefel, eine Menge Lebensmittel, einen Rucksack und einen Schlafsack. Anrufe konnte ich bis gestern Abend verfolgen, danach muss er sein Smartphone stillgelegt haben. Akku raus, du verstehst schon, damit ihn keiner orten kann. Samstag hat er sich in einem Hotel in Pittsburgh ein Zimmer gemietet. *Harry's Drive Inn* heißt der Schuppen.
„Was will er denn da?", wunderte sich Danny.
„Kennt ihr jemanden dort?", fragte ich.
Danny schüttelte den Kopf.
„Ziemlich miese Absteige." HD zeigte uns eine Website, auf der jemand Fotos von den hässlichsten Hotels im Bundesstaat gesammelt hatte. *Harry's Drive Inn* lag auf dem zweiten Platz.
„Er ist nur eine Nacht geblieben. Aber jetzt kommt es."

HD klickte eine Datei an.
Ein Film aus einer Videoüberwachung startete. Zittrige, verwaschene Bilder von den Zapfsäulen einer Tankstelle waren zu sehen. Ein Auto stand davor.
„Dads Jeep!" Danny rückte näher an den Bildschirm. „Und da ist er selbst."
Ich erkannte ihn auch. Robert Otterman kam aus dem Gebäude der Tankstelle. In der Hand hielt er ein kleines Päckchen, das er sofort aufriss. Die Verpackung warf er in einen Mülleimer, dann zückte er den Autoschlüssel.
HD stoppte den Film der Überwachungskamera.
„Laut Kreditkartenabrechnung hat dein Vater ein neues Handy gekauft und eine Prepaid-Karte von Phon-O-Max2000."

!
Prepaid ist englisch für „vorausbezahlt", man kauft sich also ein Guthaben. Ist die Summe verbraucht, kann man nicht mehr telefonieren. Solche Handys sind nicht registriert und Anrufe von so einem Gerät können nicht so leicht zurückverfolgt werden.

„Kein Wunder, dass ich ihn nicht erreichen konnte", murmelte Danny.

„Sieht ganz so aus, als hätte dein Dad keinen Bock auf eine Geburtstagsüberraschung. Ihr haltet mich wohl für blöde?", sagte HD. „Ich bin vielleicht ein bisschen crazy, aber doof bin ich nicht. Du schnüffelst hinter deinem Vater her, aber du bist nicht der Einzige."
Mit einem Klick ließ er das Video weiterlaufen.
Ein silbergrauer Lincoln stoppte hinter Mr Ottermans Jeep. Zwei Männer stiegen aus. Den Fahrer erkannte ich sofort: Es war der Narbenmann. Er und der Beifahrer traten zu Dannys Vater und redeten auf ihn ein. Der Beifahrer fuchtelte mit den Händen, fasste Mr Otterman am Kragen. Der wehrte sich und schüttelte ihn ab. Als die beiden Männer ihn packen wollten, stieß er sie zur Seite und hechtete in den Jeep. Der Narbenmann schlug wütend aufs Dach des Geländewagens, wich aber zurück, weil Dannys Vater Vollgas gab und das Auto mit einem Satz aus dem Bild verschwand.
Sofort sprangen die beiden Männer in ihr Auto, aber im selben Moment rollte ein Lieferwagen heran und versperrte dem Lincoln den Weg.
„Das war's", sagte HD. Er loggte sich aus und hatte es plötzlich ganz eilig. „In was auch immer ihr da verwickelt seid, ich will nichts damit zu tun haben." Weg war er.
Kaum waren Danny und ich auf die Straße getreten, surrte mein Handy. *Rufnummer unterdrückt* stand auf dem Display. „Hi?", sagte ich in den Hörer.

„Spricht da Marvin Parker?", fragte ein Mann am anderen Ende.

„Wer ist da?", gab ich zurück.

Statt einer Antwort sagte der Fremde: „Ist Danny bei dir?"

Ich reichte Danny das Gerät. Danny legte es ans Ohr. „Daddy?!"

.... *Dass es kein simpler Spaß ist, sich in die Computer von anderen zu hacken, zeigte ein Fall in Österreich. Ein nur 15 Jahre alter Hauptschüler hatte sich in 3 Monaten über 250-mal in die Computer von Firmen und Behörden gehackt. Als er gefasst wurde, gab er alles zu. Er begründete seine Taten damit, dass er sich gelangweilt habe und er allen zeigen wollte, was für ein toller Typ er sei. Am Ende hatte er nur ziemlich viel Ärger.*

5

2:16 p.m.

„Daddy!?“, rief er. Dann rasselte er einen Schwall von Fragen herunter: „Was machst du? Wo bist du? Wann kommst du zurück?“
Ich drückte mein Ohr an die andere Seite des Handys, um mitzuhören.
„Danny, Danny-Boy!“, sagte sein Vater. „Beruhige dich. Du musst mir zuhören, hör mir ZU!!“
Danny schwieg endlich.

„Wir haben nicht mehr viel Zeit. Ich kann dir jetzt nicht erklären, was los ist, tu einfach, was ich dir sage. Das Wichtigste ist: Sprich mit niemandem, absolut niemandem über das, was ich dir erzähle.“

Danny rückte ein bisschen weg und schaute mich zweifelnd an. Er überlegte kurz, dann ließ er mich jedoch wieder mithören und sagte: „Warum hast du nicht *mich* angerufen?“

„Weil sie dein Handy ganz sicher auch abhören. Die Typen haben alles von langer Hand vorbereitet. Und ich war mir sicher, dass du bei deinem besten Freund Hilfe suchst.“

Danny schluckte. „Wo bist du, Dad?“

„Ich bin auf dem Weg nach New York, aber ich schaffe es vielleicht nicht rechtzeitig“, antwortete sein Vater. Hastig fuhr er fort: „Hör zu, jemand plant einen Anschlag auf die U-Bahn. Heute um sechs Uhr abends.

Die haben unsere Firewall überwunden und einen Trojaner eingeschleust, der die automatischen Bremssysteme ausschaltet und die Weichenstellungen verändert. Ich habe schon versucht, den Fehler zu finden, aber ich brauche noch ein paar Informationen, um den ungebetenen Gast in unserer Software wieder loszuwerden."

„Wir müssen die Polizei informieren", flüsterte ich.

„Wer ist das?", fragte Mr Otterman scharf.

„Marvin!", antwortete Danny. „Er hat Recht. Die Polizei ..."

„... ist hinter mir her", sagte Mr Otterman. „Es liegt eine Anzeige gegen mich vor. Wegen Wirtschaftsspionage und Untreue."

„Was?", rief Danny.

„Das sind natürlich falsche Anschuldigungen. Ich sage doch, dass sie mit allen Mitteln arbeiten, Danny. Wenn einer zum jetzigen Zeitpunkt in die Software guckt, gibt es nur einen Nutzer, der daran rumgefummelt hat: dein Vater. Sie behaupten, ich arbeitete im Auftrag der chinesischen Regierung. So ein Quatsch! Aber das ist hohe Politik. Wenn ich die Sache nicht mehr geradebiegen kann, mischen in ein paar Stunden alle Geheimdienste mit."

Der Begriff Firewall kommt aus der englischen Sprache: fire heißt Feuer oder Brand, wall bedeutet Mauer. Also eine Mauer, die vor einem Brand schützt. In der Computersprache ist damit gemeint, dass eine spezielle Software deinen Computer vor Angriffen aus dem Internet schützt. Du solltest auf jeden Fall eine solche Firewall haben!

Es gibt verschiedene Wege, eine Schadsoftware auf einen anderen Computer zu übertragen. Der Trojaner ist besonders hinterhältig: Er verbirgt sich hinter einer harmlos wirkenden Datei, zum Beispiel einem Foto, das jemand als E-Mail-Anhang schickt mit einem ganz normalen Dateinamen wie z.B. Siegerehrung.jpg. Wenn du die Datei anklickst, wird heimlich und unbemerkt eine kleine Software auf deine Festplatte kopiert. Diese übernimmt nun die Steuerung und schickt z.B. deine persönlichen Daten an einen Fremden, der dann damit machen kann, was er will.

Der Name Trojaner bezieht sich auf eine griechische Sage: Die Griechen belagerten die Stadt Troja und konnten sie nicht besiegen. Da griffen sie zu einer List. Sie bauten ein riesiges Pferd aus Holz und versteckten darin einen Teil ihrer Krieger. Danach taten sie so, als zögen sie ab. Die Trojaner holten das Pferd in die Stadt, in der Nacht kamen die griechischen Krieger hervor, öffneten das Stadttor für ihre Freunde und Troja wurde geschlagen.

„Warum sprichst du nicht mit Mr Rickshaw oder mit deiner Assistentin?“, fragte Danny.
„Ich kann niemandem trauen.“ Es entstand eine kurze Pause, in der man nur Mr Ottermans Atem hörte. „Vielleicht ist es einer von meinen eigenen Leuten.“
Also hatte er nicht nur einen Trojaner auf dem Server, sondern auch noch einen Verräter in den eigenen Reihen. Keine gute Kombination.
„Der Trip nach Pittsburgh war ein Ablenkungsmanöver“, fuhr Dannys Vater fort. „Ich wollte in Ruhe unser System überprüfen, aber sie sind mir auf die Schliche gekommen und haben mich ...“
„... an einer Tankstelle erwischt“, unterbrach Danny ihn.
„Woher weißt du das?“, fragte Mr Otterman verblüfft.
„Wir haben auch unsere Verbindungen.“ Danny gab sich Mühe, gelassen und cool wie ein Agent aus einer Fernsehserie zu klingen.
„Darüber reden wir noch“, sagte Mr Otterman. „Ich habe die Kerle ausgetrickst und brauche noch gute drei Stunden bis in die Stadt. Ihr müsst etwas für mich besorgen, dann treffen wir uns in der Zentrale von RushComSystems. Wenn wir die Anlage nicht bis sechs Uhr in den Griff bekommen, könnte ein schlimmes Unglück passieren!“
In diesem Moment bog ein silbergrauer Lincoln um die Ecke. Hinter dem Steuer saß der Narbenmann, neben ihm ein zweiter Mann im Anzug.

„Danny!“, rief ich und drehte ihn blitzschnell zur Wand.

Es war zu spät. Die Männer hatten uns gesehen.

„Der Typ mit der Narbe, er war in der Schule ...“, versuchte Danny seinem Vater zu erklären.

Ich hörte nicht, was Mr Otterman sagte.

Mit quietschenden Reifen kam der Lincoln auf der gegenüberliegenden Straßenseite zum Stehen und parkte in der zweiten Reihe.

Die Männer stiegen aus und der Narbenmann grinste mich an.

Er wollte schon die Straße überqueren, aber die Fußgängerampel sprang auf Rot und der Verkehr setzte sich in Bewegung.

„Ja, habe ich verstanden“, sagte Danny ins Telefon.

Ungeduldig schlängelten sich die Männer durch die anfahrenden Autos. Ein Hupkonzert ertönte. Erst vor einem heranbrausenden Bus wichen die beiden zurück.

Ich wurde langsam nervös. „Wir sollten ganz schnell die Fliege machen, Danny!“

Danny lauschte aufmerksam am Telefon. „Kino ... Spiderman ... “, wiederholte er einzelne Worte.
Unterhielten sie sich jetzt etwa über das aktuelle Kinoprogramm? Wir waren vor ein paar Wochen gemeinsam mit Dannys Vater im neuen Spiderman-Film gewesen.
„Station ... Präsident ... Welcher Präsident?“
Dann beendete Danny das Gespräch und ich steckte das Handy in die Tasche. „Alles klar!“, sagte er.
Wir düsten los. Ein schneller Blick über die Schulter sagte mir, dass zumindest der Narbenmann ein durchtrainierter Typ war. Wir mussten uns etwas einfallen lassen, wenn wir ihm entkommen wollten.
Danny bog in die nächste Seitenstraße ein. Blöderweise kannte ich mich noch nicht gut in meinem neuen Viertel aus. Es war eine schmale Straße, die schnurgerade verlief und ein paar Hundert Meter weiter an einem kleinen, verwilderten Park entlangführte. Er war umzäunt und immer geschlossen. Danny hatte das schmiedeeiserne Gitter schon fast erreicht.
Er blieb davor stehen.
„Das ist viel zu hoch“, keuchte ich.

„Quatsch!“, rief er und faltete die Hände zu einer Räuberleiter. „Mit Anlauf!“
Ich schwor mir, im nächsten Schuljahr einen der zusätzlichen Wahlkurse in Sport zu belegen!
Kurz bevor ich Danny erreichte, dribbelte ich ein paar Schritte. Er spannte die Oberarme an. Mit einem Schrei trat ich in die Räuberleiter. Danny katapultierte mich in die Höhe. Ich krallte mich an die Spitzen der Eisenstangen, hangelte mich weiter hinauf, schwang ein Bein zur Seite und kippte über den Zaun. Mein linkes Hosenbein blieb an einer der Spitzen hängen. Es machte *ratsch* und die Hose hatte einen langen Schlitz vom Knie bis zum Hintern.
In diesem Augenblick sah ich, wie der Narbenmann um die Straßenecke bog.
„Schnell!“, feuerte ich Danny an.

Das war nicht nötig gewesen. Aus dem Stand federte er in eine Höhe, für die ich ein Trampolin gebraucht hätte. Mit einem geschmeidigen Satz überwand er das Hindernis.
„Spiderman!", grinste ich Danny an, aber das Grinsen verging mir. Der Narbenmann hatte den Zaun erreicht. Schon beim ersten Versuch wurde ihm klar, dass er nicht ohne Hilfe über das Gitter kam. Wütend schlug er gegen die Eisenstäbe.
„Ihr macht einen schweren Fehler, Jungs!", drohte er. „Ich kriege euch, darauf könnt ihr Gift nehmen."
Er rannte zum Tor, das durch eine rostige Eisenkette gesichert war. Die Hand des Narbenmanns verschwand unter der Anzugjacke und kam mit einer Pistole wieder zum Vorschein.
Danny und ich schauten uns in die Augen. „Nichts wie weg!", schrien wir gleichzeitig und schlugen uns in die Büsche des kleinen Parks.

Wer sich mit dem Smartphone oder dem Computer im Internet bewegt, hinterlässt Spuren. Diese können nette und weniger nette Leute verfolgen. Ein Beispiel ist die IP-Adresse. Sie besteht aus elf mit Punkten unterteilten Ziffern, z.B.: 130.149.110.26

Jeder Computer hat eine solche Adresse und kann darüber erkannt werden. Wenn du irgendeine Website anklickst, wird dort vermerkt, dass dein Computer mit dieser Adresse dort gewesen ist. IP steht nämlich für Internetprotokoll. Das kann sehr hilfreich sein, wenn ein Verbrecher gesucht wird, weil ihn die Polizei mit diesem Protokoll aufspüren kann.

6

2:31 p.m.

Außer ein paar ziemlich üblen Flüchen hinter uns hörten wir nichts, während wir uns einen Weg durch das Gebüsch bahnten. Der Kerl traute sich nicht, eine Schießerei zu veranstalten und einfach hinter uns herzuballern. Sogar in diesem Viertel würde das ein bisschen zu viel Aufsehen erregen.

Während ich Danny keuchend folgte, wurde mir klar, dass wir vielleicht in der Falle saßen. Ich hatte keine Ahnung, wie es am anderen Ende der Grünfläche aussah. Aber wir hatten Glück. Auf dieser Seite gab es nur eine niedrige Mauer, sodass ich auch ohne Dannys Hilfe hinüberkam.

Wir sprangen auf die Straße.

„Du blutest", sagte Danny und zeigte auf mein Bein.

Ich hatte mir nicht nur die Hose zerrissen. Das Gestänge hatte meinen Oberschenkel vom Knie ab aufgeritzt. Erst jetzt spürte ich den Schmerz. Ich biss die Zähne zusammen. „Ist nur eine Schramme. Wir sollten abhauen."

„Woher wusste der Kerl, wo wir sind?", fragte Danny.

Ich musste nicht lange nachdenken.

„Gib mir dein Smartphone."

Verdattert reichte er es mir. Der Rest ging ganz schnell. Direkt neben uns stoppte ein Fahrradkurier. Perfekt!

„Sorry, können Sie mir die Uhrzeit sagen?", wandte ich mich an ihn, und während der Kerl den fetten Klotz von Uhr an seinem Handgelenk befragte, schob ich Dannys Handy unauffällig in die Seitentasche seines Rucksacks.
„Viertel vor drei", sagte der Typ und stieg wieder in die Pedale.
„Hast du sie noch alle?!", stieß Danny hervor.
„Alter", grinste ich. „Noch nie CSI New York geguckt? Falls sie dein Handy geortet haben, lockt der Biker die Kerle jetzt in die Bronx oder vielleicht nach Harlem. Oder besser: Dein Handy tut das."
Zuerst mussten wir jedoch den Narbenmann endgültig abhängen. Er würde nicht allzu lange brauchen, um den Park zu umrunden, dann hing er uns wieder auf der Pelle. Wir rannten zur nächsten Straßenecke. Dort hielt gerade ein Yellow Cab, um einen Fahrgast aufzunehmen. Danny zögerte nicht lange. Er drängelte sich einfach vor dem glatzköpfigen Mann in das Taxi.
„Hey!", schrie der Glatzkopf, während er nach hinten stolperte.
„Sorry", rief ich. „Kleiner Notfall!" Ich quetschte mich ebenfalls auf den Rücksitz und zog die Tür zu.
Der Taxifahrer drehte sich um. „Was soll'n der Mist!", schimpfte er los. „Habt ihr überhaupt Kohle? Verdammt, raus aus mein'm Taxi!"
Dann sah er mein blutverschmiertes Bein. „Und du! Du versaust mir meine Karre, raus, sag ich!"
Danny kramte in seinem Rucksack herum und fischte eine 50-Dollar-Note hervor.

Die berühmten Yellow Cabs, die gelben Taxis, sind geradezu ein Wahrzeichen von New York. Sie gehören zur Stadt wie die Freiheitsstatue und der Central Park.

Ich starrte das Geld an. Ich weiß, für die meistens sind 50 Dollar nicht gerade ein Vermögen, aber bei mir flog wirklich nie ein solcher Schein irgendwo im Rucksack herum.
„Notreserve“, kommentierte Danny. „Mein Vater besteht darauf, dass ich den immer bei mir habe.“
Bei reichen Leuten ist einiges anders als bei uns! Allerdings war ich jetzt froh darüber. Der Taxifahrer wurde nämlich gleich freundlicher. „Wohin geht's, die Herren?“, fragte er.
„Fahren Sie einfach los“, befahl Danny. Man merkte, dass er Erfahrung darin hatte, anderen Leuten Anweisungen zu geben.
„Was will der Narbenmann ausgerechnet von uns? Oder besser von mir?“, grübelte Danny, als der Fahrer sich in den Verkehr eingefädelt hatte.
„Ist doch klar!“

Danny schaute mich fragend an. Ihm war gar nichts klar. „Die beiden waren hinter deinem Vater her und haben ihn verloren“, fasste ich zusammen. „Irgendwie ist er ihnen an dieser Tankstelle entkommen. Er hat sich vorher ein Handy mit einer Prepaid-Karte gekauft. Das können sie nicht zurückverfolgen und orten können sie es auch nicht, solange sie die Gerätenummer nicht kennen. Also hängen sie sich nun an dich. Du sollst Narbenmann & Co zu ihm führen.“

!

Mobiltelefone und Smartphones können über die Masten, bei denen sie sich einwählen, geortet werden. Das ist relativ ungenau, eine Abweichung von ein paar Hundert Metern ist möglich. Sehr genau ist dagegen die Ortung über Satelliten und das Internet. Fast jedes Smartphone verfügt über GPS. Hier werden kontinuierlich Daten zu einem Satelliten gesendet, der daher die Position bis auf wenige Meter bestimmen und auch sämtliche Bewegungen des Besitzers verfolgen kann.

„Hey, hey“, mischte sich der Taxifahrer ein, „James Bond auf heißer Jagd, oder was?“
„Das geht Sie nichts an“, blaffte Danny. „Machen Sie gefälligst ...“
Ich unterbrach ihn. „Das ist für die Schule, Sir, eine Schnitzeljagd ... Ja, wir machen eine Schnitzeljagd. Räuber und Gendarm, Sie wissen schon.“
Der Fahrer grinste in den Rückspiegel. „Oh Mann, die Zeiten ändern sich. Das gab's früher auch nich'! Räuber und Gendarm mit'm Taxi. – Fahr schon, du Idiot!“, schrie er urplötzlich einem Truck hinterher, der nicht schnell genug die Kreuzung überquerte.
Ich schob die Scheibe aus Plexiglas zu, die Fahrer und Fahrgäste voneinander trennte. Der Mann hinterm Steuer konzentrierte sich wieder auf den Verkehr.
„Wohin fahren wir überhaupt?“, fragte ich.
„Zu mir nach Hause.“
„Ausgerechnet zu dir? Da vermuten sie dich doch als Erstes“, wunderte ich mich.
„Es geht aber nicht anders“, sagte Danny. „Ich muss dort etwas holen.“
„*Was* musst du holen? Nun lass dir nicht alles einzeln aus der Nase ziehen. Was hat dein Dad dir gesagt?“
Danny zögerte.
Hatte er etwa Angst, dass ich ihn verraten würde?
„Einen USB-Stick“, flüsterte er dann.

„Einen USB-Stick?" Ich konnte es gar nicht glauben. „Den kann ich dir geben." Ich zog den Stick mit unserer Präsentation aus der Tasche.
„Nicht irgendeinen Stick, einen ganz bestimmten", ergänzte Danny.
„Und was ist auf diesem ...?"
„Pssst." Danny legte seine schmutzige Hand über meinen Mund.
„Hat er nicht gesagt."
Ich verdrehte die Augen. „Soll ich dir was sagen? Diese ganze Geheimniskrämerei ist totaler Bullshit! Wir sagen jetzt dem Fahrer, er soll uns zur nächsten Polizeiwache bringen, und dann können die sich darum kümmern."
„Du hast doch gehört, was mein Dad wegen der Polizei gesagt hat! – Lassen Sie uns an der Ecke da raus!", befahl Danny. Er bezahlte, nahm das Wechselgeld und stand auch schon auf der Straße.
Ich folgte ihm, immer noch nicht überzeugt. „Vielleicht bluffen die nur. Vielleicht wollen die deinen Vater und seine Firma bloß austricksen."
Danny blieb stehen. „Meinst du, der ganze Ärger mit der Subway in den letzten Wochen war ein Bluff?", fragte er und seine Stimme überschlug sich vor Aufregung. „Und wenn schon! Falls herauskommt, dass die Software so leicht mit einem Trojaner zu überrumpeln ist, sind wir pleite. Dads Firma verliert alle Aufträge, unser ganzes Geld ist futsch. Kapierst du das denn nicht?"

„Mom und ich kommen auch mit wenig Geld ganz gut über die Runden", behauptete ich. Das stimmte natürlich nicht. Es reichte hinten und vorne nicht.

„Marvin, wenn wir zur Polizei gehen, setzen wir alles aufs Spiel. Was ist, wenn sie uns nicht glauben? Um sechs Uhr macht es *bäng!* Mein Dad ist der Einzige, der die Software reparieren kann, und er braucht unsere Hilfe!"

Ich gab mich geschlagen. Wir waren nur noch wenige Straßen von Dannys Wohnung entfernt.

Die Ottermans lebten in der obersten Etage eines vornehmen Apartmenthauses, an dessen Eingang ein Wachmann in Uniform kontrollierte, wer rein- und rausging. Drinnen begrüßte einen eine Lady, die aussah wie ein Topmodel. Sie kündigte die Besucher in den Wohnungen an und entschied, ob man zu den Aufzügen durfte oder nicht. Das gesamte Erdgeschoss wurde zudem von mehreren Kameras überwacht.

Als wir um die Ecke bogen, sahen wir ein paar Meter weiter zwei Autos am Straßenrand parken. In dem einen, einem silberfarbenen Lincoln, saßen zwei Männer im Anzug.
Ich zog Danny zurück. „Wenn die nicht zum Narbenmann und seinen Leuten gehören, fress ich einen Besen!"
Danny drehte auf der Stelle um. Wir umrundeten den Block und gelangten von der hinteren Seite des Hauses zu einem Nebeneingang. Der Blick zur Straße war von einer hohen, perfekt gestutzten Hecke versperrt. Dort gab es eine unscheinbare Pforte, über der sich ebenfalls eine Kamera befand. Neben der Tür schimmerte eine Tastatur. Danny tippte einen Code ein.
„Eigentlich geht hier nur das Personal rein", sagte Danny ganz selbstverständlich.
Er winkte in die Kamera, wahrscheinlich, um der Dame am Eingang oder dem Sicherheitsdienst klarzumachen, dass wir nicht vorhatten, in den schicken Kasten einzubrechen. Bis wir endlich in der 22. Etage standen, hatte er diesen Vorgang dreimal wiederholt.
In diesem Stockwerk gab es nur zwei Apartments. Eine Tür rechts, eine Tür links. Die linke Tür führte zur Wohnung der Ottermans. Und sie stand offen.

7

3:31 p.m.

„Was tun wir jetzt?“, flüsterte Danny.
Ich hatte keine Ahnung. Uns aus dem Staub zu machen, schien die einzig vernünftige Lösung. Aber ich hatte den bösen Verdacht, dass heute nicht der Tag der vernünftigen Lösungen war.
„Wir sollten die Polizei einschalten“, sagte ich. Im selben Augenblick rumpelte es im Inneren der Wohnung. Dann krachte es, als fiele etwas um. Ein Laut folgte, der an einen unterdrückten Schrei erinnerte.
„Umpfrrg-hummmpf“, drang es auf den Flur.
„Da braucht jemand Hilfe!“, rief Danny.
Wir rannten die paar Meter bis zur Tür, dann hielt ich Danny zurück. Was, wenn dort ein paar Typen lauerten, denen wir nicht begegnen wollten? Ich legte den Finger auf die Lippen, schob ganz langsam die Nasenspitze um die Ecke und linste in den Flur. Er war ungefähr so groß wie unsere ganze Wohnung und sah aus wie eine Gemäldegalerie, in der eine Horde Schimpansen gewütet hatte. Sämtliche Bilder an den langen, hohen Wänden hingen schief oder waren heruntergeschlagen worden.
Als wir uns hineinschlichen, knirschten die Scherben unter unseren Füßen. Wieder hörten wir erstickte Laute. Sie wurden drängender.

„Küche!“, zischte Danny.

Wir gaben alle Vorsicht auf und stürzten einfach vorwärts.

In der Küche herrschte noch größeres Chaos. Jemand hatte die Schränke aufgerissen. Schubladen, Teller, Tassen, Töpfe, Messer, Gabeln – alles lag auf dem Boden herum.

Mitten in dem Durcheinander, inmitten einer Pfütze von verschüttetem Orangensaft, kauerte eine Person.

„Teresa!“, rief Danny.

Die Haushälterin der Ottermans war an den Fußknöcheln und den Handgelenken gefesselt. In ihrem Mund steckte ein Knebel. Sie wimmerte.

Als Danny den Knebel entfernte, quoll eine Flut spanischer Wörter hervor. Auch ohne ein Wort Spanisch zu verstehen, wusste ich, dass wir für diese Ausdrücke in der Schule sicher keine gute Note bekommen würden. Eher einen Verweis.

Teresas Zorn entlud sich in ohrenbetäubender Lautstärke. Danny konnte sie kaum unterbrechen.

„Teresa, *tranquilo, por favor*!“, rief er immer wieder. „*Tranquilo*! Beruhigen Sie sich!“

Aber Teresa wollte sich nicht beruhigen. In einem Gemisch aus Englisch und Spanisch verfluchte sie die Männer, die ihr das angetan hatten. Mit etwas Mühe konnten wir uns zusammenreimen, was passiert war: Zwei Typen

hatten sich als Vertreter der Kabelfernseh-Gesellschaft ausgegeben, die den Anschluss der Ottermans reparieren sollte. Nachdem die Haushälterin die Männer hereingelassen hatte, war alles ganz schnell gegangen. Sie hatten Teresa gefesselt und die Wohnung verwüstet.
Sobald Teresa Hände und Füße wieder bewegen konnte, stürmte die kleine, zierliche Frau durch das Gewühl in die Küche. Sie schnappte sich ein großes Fleischmesser, murmelte etwas, das so klang wie „Den Mistkerlen werde ich es zeigen!“, und verschwand Richtung Wohnzimmer. Wir hörten sie weiter fluchen, aber die Mistkerle waren nicht mehr in der Wohnung.
Danny grinste. „Da haben die Typen aber Glück gehabt. Teresa kann ziemlich unangenehm werden! – Komm mit!“
Wir durchquerten die Wohnung. Überall herrschte ein Durcheinander wie nach einem Tornado. Die Männer hatten jeden Zentimeter auf den Kopf gestellt. Im Arbeitszimmer von Mr Otterman sah es besonders schlimm aus.
„Sie haben die Computer mitgenommen“, stellte Danny fest. Sein Zimmer war ebenfalls nicht verschont geblieben. „Sieht auch nicht schlimmer aus als sonst“, kommentierte er bloß.
Dann führte er mich zu einem Raum ganz am Ende des Flurs. „Das ist Vaters absolutes Heiligtum: seine Sammlung.“
Ich sah die Sorge in Dannys Augen. Mr Otterman sammelte Modelle von Eisenbahn- und

U-Bahn-Wagen aus aller Welt. Das Zimmer war fast schon ein Museum. Gewesen, musste man sagen, denn auch hier war alles verwüstet. Die meisten Modelle lagen auf dem Boden verstreut, die Regale waren von den Wänden gerissen und umgekippt. „Präsident Roosevelts Spezialwagen muss hier irgendwo sein." Danny klang angespannt.

„Theodore oder Franklin Delano?", fragte ich. Es hatte nämlich zwei amerikanische Präsidenten mit dem Namen Roosevelt gegeben. Im Gegensatz zu Danny wusste ich sogar, wann sie regiert hatten. Ungefähr jedenfalls.

„Franklin D. Roosevelt", antwortete Danny. „Er hatte einen eigenen Wagen, mit dem er bis unter das Waldorf Astoria Hotel fahren konnte."

In einem stillgelegten Tunnel unter New York steht seit über 50 Jahren ein berühmter Waggon: Er wurde speziell für den damaligen Präsidenten Roosevelt angefertigt und hat kugelsichere Wände. Roosevelt wohnte in einem Hotel, das über eine eigene U-Bahn-Station verfügte. Von hier aus konnte er bequem in seinem Rollstuhl, den er wegen einer Erkrankung brauchte, losfahren.

Jetzt erinnerte ich mich an die Szenen im Spiderman-Film. Die stillgelegte Subway-Station mit dem Namen Roosevelt spielte darin eine Rolle. „Also deshalb hast du mit deinem Vater übers Kinoprogramm gesprochen!"
Danny grinste. „Wenn uns am Telefon jemand abgehört hätte, hätte er nichts verstanden", sagte er. „Ohne den Hinweis auf den Sonderwagen von Präsident Roosevelt wäre er nie fündig geworden."
Die Sammlung umfasste ein paar Hundert Modelle, vielleicht waren es sogar mehr, über tausend!
„Und wie willst du in dem Chaos etwas finden?", fragte ich.
Danny begann einfach mit der Suche. „Ich erkenne ihn, wenn ich ihn sehe. Er war da drüben neben der Tür, die hoch auf die Dachterrasse führt. Dort fangen wir an."
Wenige Minuten später hatte er ein silbrig glänzendes Modell in der Hand. Er hielt es ans Ohr und schüttelte es. Ein leises Klappern war zu hören. Danny schaute nun schon deutlich fröhlicher aus der Wäsche.
Er packte den Sonderwagen des ehemaligen amerikanischen Präsidenten mit der einen Hand am Dach und mit der anderen an den Rädern und zog, bis er zwei Teile in der Hand hielt. Im oberen lag ein kleiner schwarzer Gegenstand. Der USB-Stick.
„Einer der Typen hatte ihn sozusagen schon in den Fingern, als er den Wagen aus dem Regal gepfeffert hat!", sagte Danny und grinste breit. „Gib mir dein Handy!"

Ich griff in meine linke Hosentasche. Es war nicht da. Ich durchsuchte die andere Hosentasche, dann alles, wo ein Handy Platz hatte.
„Was denn?", fragte Danny.
„Moment", blaffte ich. „Mach mich nicht irre!"
„Bist du eh schon", witzelte Danny.
Ich setzte meinen Rucksack ab, holte alles heraus, drehte ihn auf links. „Es ist weg, verdammt! Wahrscheinlich ist es mir im Park aus der Tasche gefallen. Warum nimmst du nicht das da?" Ich zeigte auf das Telefon, das neben der Tür an der Wand hing.
„Das ist die Gegensprechanlage für die Haustür, du Witzbold. Außerdem hat Dad mich gewarnt, auf keinen Fall von hier aus zu telefonieren."
„Und Teresas?", schlug ich vor.
„Gute Idee", sagte Danny. Er rannte in die Küche.
Doch Teresa war nirgendwo zu finden. Stattdessen hörten wir aus der Ferne eine Polizeisirene. Das ist zwar in der Gegend rund um unsere Kaffeebar alltäglich, in Dannys Viertel aber eher selten.
Wir rannten hinunter in die Empfangshalle. Flackerndes Blaulicht begrüßte uns. Das Topmodel hatte seinen Platz hinter dem Tresen verlassen und stand an der Tür, vor der langsam ein Sicherheitsgitter herunterrollte.
„Oh, mein Gott", flüsterte sie, als sie Danny sah. „Das ist eure Haushälterin."

Danny und ich konnten uns ein Grinsen nicht verkneifen. Teresa hatte die Typen vor dem Haus entdeckt und offensichtlich wiedererkannt. Sie fuchtelte mit dem Fleischmesser vor der Windschutzscheibe des Lincoln herum, trat immer wieder gegen die Scheinwerfer und schlug abwechselnd auf die Kühlerhaube. Das Ganze wurde von einem Schwall wüster spanischer Schimpfwörter begleitet.

„Lisa, wären Sie so freundlich, uns hinten rauszulassen?", fragte Danny das Model. „Ich glaube, es besteht keine Gefahr mehr für das Haus!"

8

4:33 p.m.

Als wir ein paar Blocks weitergerannt waren, sagte Danny: „So, jetzt zum nächsten Telefon."
Ich griff in die Hosentasche und zog ein Smartphone in Quietschrosa mit Glitzersteinchen auf der Schutzhülle hervor.
Dannys Augen weiteten sich. „Wo hast du das denn her?"
„Eure Lisa sieht sicher ein, dass wir in einer Notlage waren", erwiderte ich und gab ihm das Gerät.
Danny drückte auf die kleine Taste am unteren Rand. Natürlich hatte Lisa das Handy mit einem Passwort geschützt.
Der Witz ist allerdings, dass die Mehrzahl der Leute PIN-Nummern wie 0000 oder 1234 vergibt. Also empfahl ich Danny, es mit diesen beiden Zahlenfolgen zu versuchen.
Nichts.
Wir hatten jetzt noch genau einen Versuch. Wenn die dritte PIN nicht passte, sperrte sich das Ding endgültig.
„Hm, Lisa ist wohl weniger blöd, als ich dachte", murmelte ich.
„Du bist selber blöd", sagte Danny. „Lisa hat einen Abschluss in Philosophie und spricht sechs Sprachen. Eine davon ist Chinesisch."
„Das heißt aber nicht, dass sie keine schwachsinnigen Passwörter benutzt. Versuch es mit LOVE."

Wer sich im Internet schützen will, muss sich zuerst ein sehr gutes Passwort ausdenken. Am besten nimmt man eine scheinbar sinnlose Aneinanderreihung von Buchstaben, Zahlen und Sonderzeichen wie &, /, $, §, oder #. Der eigene Spitzname oder der Name deines Hundes sind keine guten Passwörter.

Wenn man ein sicheres Passwort gefunden hat, muss man es vor anderen schützen:

- Lass nie einen anderen dein Passwort benutzen.
- Schreib es nicht auf und lass erst recht den Zettel nicht rumliegen.
- Klebe das Passwort nicht auf den Monitor oder unter die Tastatur.
- Achte darauf, dass dir niemand bei der Eingabe des Passwortes zuschaut.
- Speicher dein Passwort nicht auf deinem Computer.
- Verschicke dein Passwort nicht über E-Mail.
- Wechsele dein Passwort regelmäßig und verwende für jeden Dienst oder jede Website ein anderes.

„Liebe?"
„Nein, 5-6-8-3! Das sind die Zahlen, die LOVE auf der Handytastatur ergeben."
Danny gab die Kombination ein. „Bingo", seufzte er. Das Smartphone schaltete sich frei.
„Siehste. Auch chinesische Philosophinnen sind romantisch veranlagt", sagte ich.
Eine glupschäugige Bulldogge hechelte uns auf dem Display an.
„Das ist Chop Suey. Sie darf ihn nicht mehr mitbringen, weil er immer an die Yucca-Palme in der Eingangshalle pinkelt", erklärte Danny, während er eine Telefonnummer eintippte. Nach nur einem Klingeln rief er auch schon: „Daddy?"
Am anderen Ende antwortete jemand.
„Wir haben den Stick."
Ein Polizeiauto rauschte mit Getöse an uns vorbei.
„Was?", schrie Danny in das Telefon, und dann: „Alles klar."
„Was sollen wir tun?", fragte ich.
„Wir müssen ins Firmenhauptquartier von RushComSystems", erklärte er.
„Und das während der Hauptverkehrszeit zum Feierabend!" Ich stöhnte auf. Um uns herum nahm der Autoverkehr immer weiter zu. „Ein Taxi finden wir hier nicht so schnell."
„Das nützt uns auch nichts", sagte Danny. „Ich habe keinen Cent mehr in der Tasche."

Ich grinste, obwohl mir gar nicht zum Lachen zumute war. „Dann müssen wir wohl das sicherste Verkehrsmittel der Stadt nehmen." Zugegeben, ein schlechter Witz. Wir konnten nur hoffen, dass die Erpresser sich an ihren miesen Zeitplan hielten. „Wir haben noch 57 Minuten."

„Bis zur Haltestelle ist es eine halbe Meile", sagte Danny und rannte auch schon los.

Kurz darauf bestiegen wir die U-Bahn. Die Leute um uns herum ahnten nichts davon, welches Schicksal ihnen drohte. Sie sahen noch müder aus als am Morgen, als ich geglaubt hatte, das wichtigste Ereignis des Tages sei unsere Präsentation in der Schule.

Eine Frau mit einem strengen Haarknoten lehnte den Kopf an die Notbremse und seufzte mit verschlossenen Augen. Ein Mann mit grauen Bartstoppeln und einem Hemd mit dunklen Schweißringen brabbelte leise vor sich hin. Zwei japanische Touristinnen versuchten einen Stadtplan zu lesen, den sie leider verkehrt herum hielten. Ein paarmal verkündete ein Piepsen von Lisas Smartphone, dass eine Nachricht eingegangen war.

In Deutschland hält übrigens der Zug bei einer Notbremsung gar nicht an. Stattdessen wird ein Alarm beim Zugführer ausgelöst. Der fragt dann nach, was passiert ist und ob jemand Hilfe braucht.

Ein paar Stationen weiter spuckte der Waggon uns alle auf den Bahnsteig.
„Hier entlang", sagte Danny.
Als wir oben auf der Straße ankamen, dudelte Lisas Smartphone einen Song von Justin Dingsbums. Wir zuckten beide zusammen, einerseits wegen des schrecklichen Klingeltons, andererseits, weil vielleicht Lisas Freund dran war, der sich fragte, warum das Model nicht auf seine Nachrichten reagierte. Aber es war Dannys Vater.
„Wir sind gleich da!", sagte Danny und steckte das Handy weg.
„Er ist schon oben. Wir haben es geschafft!", strahlte er mich an.
Ich schüttelte den Kopf. „Noch nicht ganz." Schnell zog ich Danny hinter einen Hotdog-Stand.

In Manhattan reiht sich ein riesiges Gebäude an das andere: Skyscraper oder auf Deutsch Wolkenkratzer. Eines der berühmtesten ist das Empire State Building. Bis zur Antennenspitze ist es rund 443 Meter hoch.

Vor dem Gebäude hielten gleich drei der silbergrauen Limousinen, die uns schon bestens bekannt waren.
„Die geben nicht so schnell auf", empörte sich Danny. „Da kommen wir nicht rein."
Daran bestand wohl kein Zweifel. Die Leute des Narbenmanns hatten sich vor dem Eingang des Bürogebäudes aufgebaut. Er selbst stand mit dem Rücken zu uns. Sein Blick schweifte immer wieder über den Vorplatz des Wolkenkratzers, aus dem nun, zum Feierabend, Hunderte Angestellte herausströmten.

Von 1931 bis 1972 war es das höchste Gebäude der Welt, dann lösten die Twin Towers oder Zwillingstürme des World Trade Centers es ab.

Am 11. September 2001 zerstörten Terroristen diese Gebäude. Der Nachfolger, das One World Trade Center, ist seit 2013 nun das höchste Bauwerk der Stadt.

In der verspiegelten Fassade verdoppelte sich die Zahl der Menschen, die zur Bushaltestelle und zum Eingang der Subway hasteten. Vielleicht konnten wir in der Menge ungesehen zum Gebäude gelangen?
Irrtum. Plötzlich wurde mir klar, dass nur drei Personen sich dem Haus zuwandten. Danny. Ich. Und der Narbenmann.
Im selben Augenblick drehte dieser sich um. Er hatte uns in den spiegelnden Scheiben des Erdgeschosses entdeckt.
„Shit!", entfuhr es mir.
„Das schaffen wir locker, wir haben noch eine halbe Stunde Zeit", sagte Danny gerade. „Dads Büro ist im vierten Stock."
Er hatte noch nicht gecheckt, was Sache war. Wortlos zeigte ich auf den Narbenmann, der seinen Männern ein Zeichen gab. Unauffällig bewegten sie sich zum Eingang des Gebäudes. Der Narbenmann selbst kam auf uns zu. Sein Grinsen zog sich durch die Narbe auf seiner Wange fast bis zu seinem Ohr. Er schien sich seiner Sache sehr sicher.
Nur noch dreißig Minuten lang musste er uns vom Haus fernhalten. Dann war es zu spät und die Bremsen aller New Yorker U-Bahnen würden aussetzen.
„Ruf deinen Dad an!", schrie ich und riss Danny mit mir, zurück zur Subway.
„Warum?", fragte Danny.
„Tu, was ich dir sage!"
Im Laufen drückte Danny die Wahlwiederholung auf Lisas

Smartphone. Nach der ersten Treppe verzweigten sich die Gänge in vier Richtungen zu den unterschiedlichen Linien. Wenn wir schnell genug waren, hatte unser Verfolger gerade noch eine 25-prozentige Chance, uns einzuholen.

„Dad?“, schrie Danny ins Telefon und versuchte, das Geplapper und Getrappel der Menschenmenge um uns zu übertönen.

Ich riss ihm das Gerät aus den Fingern. „Mr Otterman? Hier ist Marvin. Wir kommen nicht ins Haus.“

Mr Otterman wollte fluchen, aber ich unterbrach ihn sofort.

„Ich muss Ihnen die Datei per E-Mail schicken. Ich habe eine Idee wie …“

„Das funktioniert niemals“, fuhr er mir dazwischen. „Die Datei ist zu groß. Sie würde in unserem Spam-Filter hängen bleiben. Bis ich die dann habe, vergehen Stunden.“

Spam-E-Mails enthalten oft Werbung, die man nicht bestellt hat. In Deutschland sind 80 Prozent aller E-Mails Spam.

„Und wenn ich sie auf einen Server hochlade, auf den Sie Zugriff haben?“

„Das wäre möglich“, antwortete er.

Ich fluchte innerlich. Auf diese Idee hätten wir wirklich früher kommen können! Bevor ich antworten konnte, fuhr eine Bahn ans

Gleis. In dieser Situation in eine New Yorker U-Bahn zu steigen, war eigentlich ziemlich verrückt. Ich schaute auf die Uhr.
„Melde mich in zehn Minuten!“, rief ich und steckte das Handy ein.
„Komm schon“, forderte ich Danny auf und zerrte ihn in letzter Sekunde in den Waggon.
„Wo willst du hin?“ Fassungslos drehte sich Danny um und schaute zum Ausgang. Hinauf und hinaus, da müssen wir hin, stand in seinem Gesicht geschrieben.
„Zur Schule!“, erwiderte ich.
Meine Idee war eigentlich gar nicht schlecht, auch wenn Danny noch nicht kapierte, was ich vorhatte. Zum Triumphieren blieb aber keine Zeit. Wir hatten 75 Prozent Pech gehabt. Die kleine Chance hatte dem Narbenmann leider gereicht: Kurz vor Abfahrt der Bahn schlüpfte er in den Wagen hinter uns.

9

5:33 p.m.

Danny hatte ihn nicht gesehen und ich entschied mich, nichts zu sagen. Ich hatte den Eindruck, dass mein Kumpel langsam die Nerven verlor. Die Waggons waren proppenvoll, aber der Narbenmann arbeitete sich rücksichtslos durch die Menge. An der nächsten Station stieg er aus und hastete zu unserem Wagen.
Die U-Bahn rauschte in den nächsten Tunnel. Nur ab und zu huschte ein Licht vorbei, wahrscheinlich die Notbeleuchtung.
„Der Narbenmann", zischte Danny plötzlich. Er hatte ihn nun auch gesehen. „Shit!"
„Hier drin kann er uns nichts", versuchte ich ihn zu beruhigen.
Aber er konnte etwas anderes tun, um uns aufzuhalten. Ich sah, wie sich seine Hand langsam der Notbremse näherte …

„Halt dich fest“, flüsterte ich Danny zu, was eigentlich Blödsinn war. Die Leute standen so eng, dass keiner umfallen konnte. Trotzdem gab es einen ordentlichen Schlag, als der Kerl die Notbremse zog. Ein Schrei ging durch die Menge. Der ganze Menschenbrei schob sich nach vorne. Köpfe stießen gegeneinander, Ellbogen bohrten sich in Bauchhöhlen, hier und da schlug eine Lippe gegen eine Haltestange oder eine Nase gegen das Kinn des Vordermanns.

Mein Gesicht vergrub sich im Rucksack eines Mädchens, das leider keine Wattebäuschchen, sondern irgendetwas transportierte, das hart wie Ziegelsteine war.

!

Die Notbremse darf nur im äußersten Notfall gezogen werden. In New York wird die Bahn in einem solchen Fall tatsächlich sofort abgebremst und kommt innerhalb kurzer Zeit zum Stehen. Überall in den U-Bahnen wird jedoch gewarnt: Betätigen Sie nicht die Notbremse. Es gibt nur zwei Fälle, in denen das erlaubt ist: Wenn eine Person in der Tür eingeklemmt ist oder sich zwischen zwei Waggons der Bahn befindet. Beim Ausbruch eines Feuers, bei einem Überfall oder wenn jemand einen Herzinfarkt hat, macht man mit dem Ziehen der Notbremse alles nur schlimmer. Für die Rettungskräfte ist es viel schwieriger, eine im Tunnel stehende Bahn zu erreichen und Hilfe zu leisten.

Ich spürte, wie mein linkes Auge ohne Zeitverlust zu schwellen begann. Aus meiner Augenbraue tropfte Blut. Auf einen kurzen Moment der Stille folgte ein wildes Durcheinander aus Geschrei und Schimpfereien.
Innerhalb von nicht einmal zwölf Stunden steckte ich zum zweiten Mal in einer U-Bahn fest, die unfreiwillig zum Stehen gekommen war. Allerdings gab es einen Unterschied. Dieses Mal öffnete *ich* die Notverriegelung des Waggons.
„Bist du verrückt?“, schrie Danny. „Ich glaub es nicht. Du *bist* verrückt.“
„Halte den Narbenmann auf!“, gab ich zurück.
Die Rufe der Leute ignorierte ich, die wüsten Beschimpfungen ebenso. Eine Durchsage rief zur Ruhe auf: „Beachten Sie die Anweisungen des Personals, bleiben Sie ruhig, verlassen Sie auf keinen Fall den Waggon.“
Ich fummelte den USB-Stick mit unserer Präsentation für die Homepage aus dem Rucksack. „Gib mir den von deinem Vater!“, befahl ich Danny. Mein Tonfall war so scharf, dass er gar nicht daran dachte, sich zu wehren.
„Halte ihn irgendwie auf, zur Not gibst du ihm unseren Stick. Vielleicht glaubt er dann, dass er hat, was er braucht.“
Ohne seine Antwort abzuwarten, nahm ich den Stick seines Vaters und sprang auf die Gleise. Danny und mehrere Dutzend anderer Augenpaare starrten mir entgeistert hinterher.

Ich sprintete los. Die Strecke war mir von meinen Fahrten zur Schule einigermaßen vertraut. Wir mussten knapp die Hälfte der Strecke zur Station zurückgelegt haben. Ich hoffte, dass mein Gefühl mich nicht trog.
Letztes Jahr hatten wir mit der Klasse eine Führung durch die Unterwelt von New York gemacht. Fieberhaft rief ich mir ins Gedächtnis, was wir damals gezeigt bekommen hatten: In den U-Bahn-Schächten waren in regelmäßigen Abständen Markierungen angebracht, die den Weg zu den nächsten Schutzbereichen und Ausgängen wiesen.
So schnell ich konnte, rannte ich am ersten Wagen vorbei, am zweiten.
Die neugierigen Blicke der Passagiere verfolgten mich. Genau wie

Eine U-Bahn auf der Strecke zu verlassen, ist so ziemlich das Dümmste, was man machen kann. Sollte es einmal vorkommen, dass eine Bahn auf der Strecke stehen bleibt, gilt als erste Regel: Ruhe bewahren und abwarten, was die Sicherheitskräfte über die Lautsprecher durchsagen.

ich heute Morgen den Banker verflucht hatte, so verfluchten sie jetzt mich. Als ich am Triebwagen vorbeiflitzte, streckte der Mann im Cockpit den Kopf zum Seitenfenster heraus.
„Verdammter Hornochse!", war noch das freundlichste Schimpfwort, das er mir hinterherwarf.
Ich jagte weiter. Schon nach kurzer Zeit wurden die Seitenstiche in meiner Rechten fast unerträglich. Es war weniger dunkel in dem Tunnel, als ich gedacht hatte, aber ich stolperte trotzdem ein paarmal.
Vierzig oder fünfzig Meter weiter wurde es ein bisschen heller.
Ich näherte mich Lichtsignalen. Zwei Schienenstränge liefen hier aufeinander zu.
Ich gab noch einmal Gas.

Auf den Gleisen befinden sich Stromschienen für die Zufuhr der Elektrizität, mit der die Bahn angetrieben wird: mit Starkstrom, bei dem jede Berührung tödlich ist. Auch ein kurzer Kontakt von weniger als einer Sekunde führt zum Tod.

Jetzt war das Licht am Ende des Tunnels schon deutlich zu sehen. Alles um mich herum war schwarz, finster, nur der Lichtpunkt vor mir zählte.
Plötzlich spürte ich einen Luftzug im Rücken. Eine Bahn. Vielleicht die, aus der ich gesprungen war?
Nein, der zweite Tunnel! Die Bahn musste aus dem zweiten Tunnel kommen. Ich versuchte, mich an die Signale zu erinnern. Waren sie rot oder grün gewesen? Gaben sie dem Zug hinter mir freie Fahrt?
Instinktiv schaltete mein Gehirn um. Alarmstufe Rot: Not. Gefahr. Mir blieb höchstens eine Minute. In nicht einmal sechzig Sekunden war meine schwachsinnige Mission beendet.
Ich stolperte. Rannte weiter. Das leise pfeifende Geräusch in meinem Rücken ging in ein Surren über, schwoll an zum typischen Rumpeln und Kreischen, mit dem jede Bahn aus dem Tunnel gerauscht kam. Der Luftzug pustete mir schon wie eine kleine Windbö in den Nacken.
Meine Beine arbeiteten vollautomatisch. Ich rannte, rannte ohne Rücksicht auf die Schwellen und Schienen, die mich zum Straucheln bringen konnten. Ein Fehltritt, und ich war tot.
Tot, tot, tot!, kreischte es in meinem Kopf. Dreh dich nicht um! Dreh dich nicht um!
Ich rannte um mein Leben.
Zwanzig Meter noch bis zum Bahnsteig. Am vorderen Ende wartete eine Gruppe von Kindern in neongrünen Trikots.

Sie starrten mir entgegen.

„Da, da!“, schrie eines der Kinder. „Ein Junge!“

Sofort schauten alle zu mir.

Noch zehn Meter, fünf.

Die Rufe der Menschen vermischten sich mit dem Kreischen der Bremsen hinter mir.

Drei Notbremsungen an einem Tag, schoss es mir durch den Kopf, während ich panisch nach der Kante des Bahnsteigs tastete.

Die Kante war viel höher, als ich erwartet hatte. Ich rutschte ab, meine Finger fanden keinen Halt.

Das wird dein Tag, hatte ich heute Morgen gedacht. Daniel Otterman und Marvin Parker gehen in die Geschichte der Thomas Jefferson Middle School ein.

Jetzt sah die Sache anders aus. Weltrekord in Subway-Notbremsungen, Guinness-Buch der Rekorde! Und eine Menge Zeitungsberichte über den tragischen Tod eines Teenagers, der im Tunnel aus der U-Bahn gestiegen war.

Vor meinen Augen wurde es schwarz.

10

5:38 p.m.

„Gott!“, seufzte etwas an meinem Ohr. Und dann wiederholte es das Wort. Dreimal.

Der half nun auch nicht mehr. Einen Schutzengel hätte ich gebraucht. Vorher. Bevor mich die U-Bahn in tausend Stücke gerissen hatte. Ob ich schon im Himmel war? Heute Morgen hatte ich noch von einer Karriere im Silicon Valley geträumt und jetzt war alles schon zu Ende und es roch nach ... nach ... Weihnachtsbäckerei, ja, nach Zimt, es roch nach Zimt.

Das Silicon Valley liegt südlich von San Francisco in Kalifornien. Dort gibt es viele Computerfirmen. Das Halbmetall Silizium (engl. Silicon) ist sehr wichtig für die Herstellung von Computern.

Es rotzte ein bisschen in mein rechtes Ohr, es drückte mich, es schluchzte immer wieder Dinge, die ich nicht verstand, weil es gleichzeitig seinen Kopf mitsamt ziemlich vielen zimtfluffigen Haaren an mein Ohr drückte.
Wenn die im Himmel jeden so empfingen – nicht schlecht!
Da ließ der Engel mich los und schrie: „Marvin Parker, du bist vielleicht ein Vollidiot!"
Das war nicht so richtig engelhaft.
Ich schlug die Augen auf.
Und schaute Melissa in die verweinten, aber trotzdem wild klimpernden Augen.
Montag. Nachmittag. Melissa hatte nach der Schule noch Training.

„Hi, Melissa", sagte ich. Mein Kopf tat weh. Ich tastete über meine Stirn und spürte, wie dort eine fette Beule wuchs.
Langsam kam die Erinnerung zurück: die Lichter der U-Bahn, das Kreischen der Bremsen, eine schmale, aber stahlharte Hand, die sich um mein Handgelenk presste. Der Ruck nach oben, mit dem ich in letzter Sekunde auf den Bahnsteig gewuchtet wurde.
Melissas endlose Trainingsstunden am Stufenbarren, am Reck und auf dem Seitpferd hatten mir das Leben gerettet. Leider hatte mich der Triebwagen noch um einen Millimeter erwischt und quer über den Bahnsteig gegen einen Mülleimer geschleudert.
Um mich herum sammelten sich immer mehr Schaulustige, die mich teils bemitleideten, teils beschimpften. Ein Mann vom Sicherheitsdienst bahnte sich einen Weg durch die Menge.
„Ich muss los", sagte ich zu Melissa.
„Spinnst du?", antwortete sie.
Ich fasste sie einfach bei der Hand und rannte los. Die Uhr über dem Ausgang rückte auf genau zwanzig Minuten vor sechs.
Ich konnte es noch schaffen.
„Was soll das?", kiekste Melissa, folgte mir jedoch. Bis wir an der Schule waren, bekam sie keine Antwort. Ich hatte die Strecke noch nie in so kurzer Zeit geschafft.
Die Schule war wie ausgestorben. Nur ein paar Leute von der Putzkolonne schlurften durch die Gänge. Einer wollte mich aufhalten.
„Hey, du hast hier nichts zu suchen ..."

Ich schob ihn zur Seite und rannte zum Informatikraum. Mist, verschlossen! Der Putzmann war mir gefolgt und kam auf mich zu. An seinem Gürtel baumelte ein Generalschlüssel für alle Räume. „Ich muss da rein, verdammt!", schrie ich. „Sir, Entschuldigung", versuchte ich es ein bisschen netter.

„Komm mir nicht mit *Sir* und *Entschuldigung*!", blaffte der Mann im blauen Overall.

Bevor ich zurückblaffen konnte, drängte Melissa sich zwischen uns, klimperte, was das Zeug hielt, und säuselte: „Ich habe meine Hausaufgaben da drinnen vergessen." Sie tippte mit dem einen Finger gegen die Tür, den anderen legte sie an die Unterlippe und schnurrte nach einem schnellen Blick auf das Namensschild des Mannes weiter: „Jack, Sie sind unsere ... meine letzte Rettung."

Der Typ lächelte und schloss uns auf. Ich zögerte keinen Augenblick und saß drei Sekunden später an einem der Computer. Die Beule an meinem Kopf pochte, aber meine Finger flogen über die Tastatur. Als ich den USB-Stick einsteckte, piepste es.

Unbekannter Datenträger erschien als Warnung auf dem Bildschirm. Ab hier kam niemand weiter, der nicht das Passwort kannte. Ich kramte in meiner Hosentasche nach dem Zettel, auf den unser Direktor heute Morgen das Passwort gekritzelt hatte, und betete, dass Sander es nicht im Laufe des Tages geändert hatte.

Dm_37_FoX§9 tippte ich ein. ☺*Willkommen im Computersystem der Thomas Jefferson Middle School*☺ blinkte es nun. Strike! Das Hochladen war nur noch Routine. Ich richtete einen eigenen Pfad ein und klickte auf *Upload*. Mit der anderen Hand drückte ich die Wahlwiederholung auf Lisas Smartphone.

„Danny?“, schallte es mir sofort entgegen.

„Äh, nein … Marvin hier!“ Hoffentlich fragte er mich jetzt nicht nach seinem Sohn.

„Ist die Datei hochgeladen?“

„Klar“, antwortete ich so cool wie möglich. „Sind Sie bereit?“

„Los!“

„www.thojeffmiddleschool/inletztersekunde“, diktierte ich. Am anderen Ende klackerten die Tasten.
„Was? In letzter Sekunde?“, fragte Dannys Vater.
„Kleiner Scherz“, sagte ich und spürte sofort, dass Mr Otterman nicht zu Scherzen aufgelegt war. „Das Passwort lautet *Dm_37_FoX§9.*“
Wieder klackerten die Tasten. Für ein paar Atemzüge herrschte absolute Stille. Dann stieß jemand die Luft aus.
„Alles in Ordnung?“, fragte ich.
„Reset der Anlage ist eingeleitet.“ Mr Otterman klang sehr erleichtert.
„Und was passiert jetzt?“
„In einer Minute stehen alle U-Bahnen in New York still“, sagte Mr Otterman.
Unter normalen Umständen war das so ziemlich das Letzte, was Dannys Vater sich wünschte. Heute rettete es jedoch ziemlich vielen Menschen das Leben.
„Was ist denn nun mit deinen Hausaufgaben?“, hörte ich an der Tür die Stimme des Putzmanns.
„Ich glaube, wir haben alles erledigt“, sagte Melissa laut und grinste breit. Mir flüsterte sie zu: „Vergiss den Stick nicht. Und nur, damit du es weißt: Ich habe jetzt einiges gut bei dir. Mit einmal Nachhilfe in Mathe kommst du nicht davon!“
Als wir vor der Tür standen, konnte ich mich nicht zurückhalten. Ich schlang beide Arme um sie und drücke sie an mich. Zimt ist eigentlich gar kein schlechter Duft, dachte ich.

Sicherheit im Internet

Absolute Sicherheit gibt es nicht. Überall auf der Welt versuchen Internet-Verbrecher ständig, neue Programme zu entwickeln, mit denen die Firewall und das Anti-Virenprogramm überlistet werden können. Dein eigenes Verhalten ist daher besonders wichtig.

1. Gib niemals deine Adresse oder Telefonnummer einem Fremden. Deine Passwörter sollten auch Freundinnen und Freunde nicht kennen.

2. Setze keine Fotos, Videos oder Texte ins Internet, die dir oder anderen peinlich sein könnten. Auch mit Fotos, auf denen dein Gesicht zu sehen ist, solltest du vorsichtig umgehen.

3. Wenn du in einem sozialen Netzwerk wie z.B. Facebook ein Profil hast, überprüfe regelmäßig die Privatsphäre-Einstellungen. Dort kannst du bestimmen, wer welche Informationen von dir haben darf.

4. Im Internet wird viel gelogen. Glaube nicht alles, was dort erzählt wird. Oft ist nicht klar, woher die Infos stammen. Leute können sich hinter gefälschten Profilen und Adressen verbergen. Überprüfe Infos daher besser mehrfach!

5. Kostenlos ist im echten Leben und auch im Internet selten etwas. Sei misstrauisch bei „Gratis"-Angeboten, besonders wenn du dafür deinen Namen und deine Adresse hergeben musst.

6. Es gibt spezielle Websites, über die Kinder sicher ins Internet gehen können. Die Links findest du unten. Dort gibt es auch noch ausführliche Informationen, wie du dich im Internet schützen kannst.

7. Wenn trotz aller Vorsicht etwas schiefgeht, ist das die wichtigste Regel: Sprich mit deinen Eltern oder einem anderen Erwachsenen, dem du vertraust. Man kann mit der richtigen Hilfe eine Menge wieder hinbiegen, z.B. Leute, die dich mobben, schnappen oder gemeine Fotos einkassieren.

Links:

Für Eltern: http://www.sicher-online-gehen.de

Für Kinder: http://www.klicksafe.de/fuer-kinder/

11
Eine Woche später

Montag, 7:12 a.m.

„Wie sehe ich aus?"
Meine Mom trug ihr Lieblingskleid. Sie hätte wegen der knalligen Farben und Muster gut als Warndreieck Dienst tun können.
„Super", knurrte ich. Zu viel mehr war ich morgens um diese Zeit nicht in der Lage. „Und ich?"
„Wie eine verbeulte Kaffeedose mit der Frisur von Justin Dingsbums."
„Na, toll", grummelte ich.
Bevor ich nach dem Frühstück fragen konnte, teilte Mom mir mit, dass dafür keine Zeit mehr sei. „Die Limousine steht in ein paar Minuten bereit."
Limousine betonte sie, als hole uns mindestens der König von Moldawien ab. Ich musste bei Gelegenheit Mrs Monterey fragen, ob es dort überhaupt Könige gab.
Danny wartete vor der Kaffeebar. Sein Vater hielt uns die Tür des Wagens auf. Er sah genauso ramponiert aus wie ich. Der Narbenmann und seine Kerle hatten ihn hart angepackt, und als er ihnen entkommen war, hatte er einen ziemlich fiesen Sturz einen Hang hinab überstehen müssen.
Mr Otterman hatte zwar im allerletzten Augenblick die Software

auf null gesetzt, aber einen kurzzeitigen Stillstand der U-Bahn hatte er nicht mehr verhindern können. Bis auf ein paar blaue Flecke bei diversen Vollbremsungen war zum Glück niemand zu Schaden kommen. Zwei Kinder waren stattdessen in der U-Bahn geboren worden und durften nun ihr ganzes Leben lang kostenlos fahren. In ganz New York. Mein Vorschlag war, sie Marvin und Danny zu nennen, aber die Idee fand keiner gut.
Ziemlich arge Probleme hatte es Mr Otterman bereitet, die Spuren zu finden, die die Mistkerle im Computersystem hinterlassen hatten. Nach wie vor bekam er täglich Besuch von immer neuen Sicherheitsbeamten aus Behörden, die keiner von uns kannte. Der Narbenmann und seine Hintermänner hatten alles getan, um ihm die Schuld in die Schuhe zu schieben. Inzwischen stand jedoch für alle fest, dass Dannys Vater ein echtes Ass in seinem Job war und für die Manipulationen nicht verantwortlich war. In wessen Auftrag der Narbenmann und seine Leute gehandelt hatten, hatte die Polizei noch nicht ermittelt.
„Terroristen waren es nicht, es ging um Geld und Aufträge. Obwohl heutzutage die großen Verbrechen oft ganz unauffällig im Internet passieren, mussten sie mich irgendwie von den Servern fernhalten", hatte Dannys Vater gesagt. „Ich habe die Bedrohung einfach unterschätzt."
Er warf Danny und mir einen schuldbewussten Blick zu. Uns in die Sache hineinzuziehen, war wirklich gefährlich gewesen. Andererseits war es der aufregendste Tag in meinem Leben geworden.

In der Schule erwarteten uns bereits Mr Sander, alle Lehrer und Schüler sowie ein paar Leute, die ich nicht kannte.
Zuerst trat der Direktor ans Rednerpult, sagte aber nichts außer: „Ich will nicht viele Worte machen, sondern den stellvertretenden Bürgermeister nach vorne bitten!"
Wow. Damit hatte ich nicht gerechnet. Der stellvertretende Bürgermeister! Der machte ziemlich viele Worte. Um ehrlich zu sein, interessierten die mich nicht so richtig. Danny und ich waren so etwas wie Helden, auch wenn es natürlich lebensgefährlich und schwachsinnig gewesen war, auf die Schienen in einem U-Bahn-Schacht zu springen.
„Schwachsinnig!", betonte der stellvertretende Bürgermeister noch einmal.
Aber weil wir die Stadt New York vor einem großen Schaden bewahrt hatten, überreichte er uns zwei Medaillen, auf denen etwas von „Verdienstorden" stand.
Alle applaudierten, und Melissa klimperte einen Tornado mit ihren Wimpern, dieses Mal einen mit Regensturm, weil ihr die Tränen der Begeisterung in den Augen standen.
Eigentlich hatte Melissa auch so einen Orden verdient, dachte ich. Ohne ihre starken Arme stünden heute alle auf dem Friedhof vor meinem Grab. Ich musste sie mindestens zu einem Milchshake einladen, das stand fest.
Dann trat eine Frau auf die Bühne. Sie stellte sich als Eva Muller vor. „Noch mehr Reden", flüsterte mir Danny zu.

„So ist das bei Helden", flüsterte ich zurück und grinste. „Daran müssen wir uns gewöhnen." Erst nach ein paar Worten begriff dann, was die Frau gerade verkündete.

„... die Ideen für eure Schulhomepage hat dem Vorstand der Pears Inc. so gut gefallen, dass ihr nicht nur den Wettbewerb gewonnen habt. Das Preisgeld steht euch also auf jeden Fall zu. Zusätzlich laden wir euch aber zu einem zweiwöchigen Praktikum in unseren Firmenhauptsitz im Silicon Valley ein, wo ihr den besten Programmierern unseres Unternehmens über die Schulter schauen dürft. Was sagt ihr dazu?"

Nichts.

Danny Otterman und Marvin Parker standen mit offenem Mund auf der Bühne.

Ich glaube, die Leute klatschten.

© Sibylle Pietrek

Frank Maria Reifenberg wuchs in einem kleinen Dorf im Westerwald auf. Schon als kleiner Junge machte er sich auf den Weg in die weite Welt – mithilfe von Büchern. Lesend bereiste er in seiner Fantasie fremde Länder und ferne Zeiten. Später wurde er Buchhändler und arbeitete als Public-Relations-Berater, bis er zu seiner alten Leidenschaft zurückkehrte: spannenden Geschichten. Er liest immer noch gerne, aber jetzt schreibt er auch selbst – über all die Dinge, die ihn schon als Junge begeisterten.

Pointer Bay, 10 Meter unter dem Meeresspiegel: Ein Hai schwimmt direkt auf Randy zu. Jetzt bloß keine falsche Bewegung! Randy bleiben genau 60 Sekunden, um sein Leben zu retten ...

60 Sekunden entscheiden über dein Leben. Der Schrecken der Tiefsee

978-3-473-36890-7

Mit coolen Fakten zu Haien und zum Tauchen!

Ravensburger Bücher

Alles oder nichts

Frank Maria Reifenberg

Das Geheimnis der Teufelsschlucht

60 Sekunden entscheiden über dein Leben

Allen Warnungen zum Trotz betritt Jojo die morsche Hängebrücke. Auf der anderen Seite winkt ein Schatz aus dem Weltall. Doch nicht nur das: Ein Menschenleben steht auf dem Spiel. Und jede Sekunde zählt ...

ISBN 978-3-473-**36891**-4

ERZ_**14**_008

www.ravensburger.de

Ravensburger